U0455300

在这里

〔科威特〕塔里布·里法伊 / 著
魏启荣　吴奇珍 / 译

世界知识出版社

Original Arabic title: في الهنا

Published by World Affairs Press Co., Ltd. upon arrangement with Taleb Alrefai.

图书在版编目（CIP）数据

在这里 /（科威特）塔里布·里法伊著；魏启荣，吴奇珍译. —北京：世界知识出版社，2021.9

ISBN 978-7-5012-6411-7

Ⅰ. ①在… Ⅱ. ①塔… ②魏 ③吴 Ⅲ. ①中篇小说—科威特—现代 Ⅳ. ①I383.45

中国版本图书馆CIP数据核字（2021）第189189号

图字：01-2021-4327号

书　　名	在这里 Zai Zheli
作　　者	〔科威特〕塔里布·里法伊
译　　者	魏启荣　吴奇珍
责任编辑	罗庆行
特邀编辑	素　素
责任出版	赵　玥
责任校对	张　琨
出版发行	世界知识出版社
地址邮编	北京市东城区干面胡同51号（100010）
网　　址	www.ishizhi.cn
电　　话	010-65265923（发行）　010-85119023（邮购）
经　　销	新华书店
印　　刷	北京虎彩文化传播有限公司
开本印张	850毫米×1168毫米　1/32　4¾印张
字　　数	92千字
版次印次	2021年9月第一版　2021年9月第一次印刷
标准书号	ISBN 978-7-5012-6411-7
原版书号	978-99966-48-36-6
定　　价	68.00元

致我的妻子、

爱人、真诚的朋友

——夏尔格

一

在这里，在科威特城穆巴拉克老市场附近的科威特国家文化、艺术与文学委员会办公大楼里，我独自坐在33号房间。一阵阵椎间盘刺痛从背后不断袭来，我的左腿也开始有点酸麻。我只好从椅子上站起来，在屋里来回踱步，并时不时活动着脖子。

等一等，我的爱人，请揭开你的面纱，让我对你倾诉衷肠……

科威特歌唱家马哈茂德的歌声回荡在办公室的每个角落，这首萨米利亚风格歌曲的作词者是诗人哈米斯·本·穆罕默德·沙姆里，伴奏是哈姆德·拉吉比，多年来我格外钟情这首歌。

等一等，我的爱人，请揭开你的面纱……

曼妙的旋律在我的脑海中萦绕，忽然之间，一个创作灵感在我眼前闪现！我不禁问自己：究竟是什么带给我这么强烈的创作欲望？

乌德琴[①]动人的曲调拨动着人们的心弦。美妙的旋律之中，我仿佛看到了哈米斯·本·穆罕默德·沙姆里对爱人深切的思念和他心中炽热的情感：他恳求翩翩起舞的心上人为他驻足，揭开面纱，为他露出美丽的面庞，动情地倾诉灵魂的渴望！

让我对你倾诉衷肠……

不知为何，我的脑海中常会浮现一个问题：究竟是什么让我们的肉体如此焦灼痛苦，有时甚至摧毁我们的灵魂？

* * *

每天早上，一走进办公室，我就心无旁骛地沉浸在数小时的阅读和写作之中。

---

① 乌德琴，俗称七十二弦琵琶，是北非、西亚和中亚地区使用的一种传统拨弦乐器。——译者注

刚才考姗儿[1]打来电话，我接通后说：

“喂？”

她赶忙应答：“早上好！”

这句友好的问候使我的心情格外舒畅，我也开心地向她问候：

“早上好！”

“我可能会过来看看您。”

“什么时候？”

“我不知道。”她的说话风格一向如此。

“或许明天吧，我也不确定。”

“随时欢迎。”

“法蒂娅最近怎么样？”她打断我的话头，向我询问小女儿的情况。

我笑着回答说：

“那你就来我们家看看她呗。”

“我会的，代我向法蒂娅和夏尔格阿姨问好。”

随后，电话那头传来她的声音：

“再见！”

放下电话，我回到现实中。在曼妙的旋律之下，一种心灵的宁静慢慢地笼罩了我，而孤独像是一位熟悉的朋友，悄悄地出现在房间的角落，它低声吟唱道：

---

① 考姗儿这个名字在阿拉伯文化中原指天堂中的一条银河，它有着牛奶般的纯洁和蜂蜜般的甜美。——译者注

等一等，我的爱人，请揭开你的面纱，让我对你倾诉衷肠……

二

“如果我……”*

你喃喃自语，却无法道明心中难言的纠结。你只能选择逃避，窝在床上，努力平复着纷乱的思绪，任心中掠过一丝孤独的自怜。在这里，近半年的时间，你一直在这里——这个只属于你一个人的家里，独自睡去。

“人要怎样才能对一处空间产生依赖和安全感?”你的脑海里浮现出这个问题，就好像你只是一位昨天才搬来的过客。你们两个到底什么时候会有结果？即便是所有房间的转角都了然于心，什么时候你才能再也不用小心翼翼，就像在达斯马区的家里那样自由自在、步履轻盈？

在这里，在达斯马区你和父亲的家中，你呱呱坠地。后来，你摇晃着蹒跚学步。再后来，你开始探索家里的各种秘密。在那个家里，你是个十足的捣蛋鬼，到处都有你作画的痕迹……慢慢地，一种只有家才有的温暖渗入你的

---

* 本书第二章、第五章、第八章、第十一章开头部分的内容整体构成了一首藏头诗。——译者注

灵魂之中——家，其实永驻心间，不会离去！

墙上的时钟闪动，指针指向凌晨五点一刻。太阳慵懒地探出头，仿佛不太情愿地露出光芒，大海在窗帘外安静地等候着你的出现，就像你一直期盼着他的到来。

你凝望着卧室的天花板，喃喃自语道："我究竟在害怕什么？"

三

马沙里，你是个大人物，你出身世家，声名显赫，地位不凡，连岳父家都是名门望族；你仪表出众，气宇轩昂，吸引了所有人的目光；你彬彬有礼，气度非凡，极擅于经营自己的形象：显赫的声望、帅气的面庞、迷人的眼神、优雅的服饰、高档的腕表、光亮的皮鞋、稳健的步伐……这一切，能让任何一位姑娘或女士对你一见倾心。而我，考姗儿，却撕开了你那层华丽的外表，看到了那光鲜背后你不为人知的一面。但是，我真的了解你吗？有时候，我以为自己完全懂你，但有时又感觉你是如此的遥远而陌生！

黑夜与梦境仿佛给心灵蒙上了一层恐惧的尘埃。我醒来，困惑和犹豫也接踵而至，就好像自己还没有做出那个最后的决定，好像终身大事的选择权仍然握在自己的手里！可是，今天我们就要结婚了，你将成为我的丈夫，而我也将从此陷入无尽的痛苦之中——成为你合法的妻子。

痛苦什么？又害怕什么？

*　　*　　*

曾经，我认为你不过是一个贪图一时之乐而又很快就会厌倦的人。还记得我们俩第一次见面时的场景吗？当时我是银行贵宾业务的负责人，管理你的股票交易业务：

“只要价格一涨就撤出来，我不想被任何一只股票套住。”

你不想被任何一只股票或是任何一个女人套住！你希望你的婚姻生活平稳安定，希望在别人眼里清白无瑕，与一切绯闻绝缘。但与此同时，你的内心却跳动着和其他女人寻欢作乐的欲望。

*　　*　　*

三个月前，我无意中撞见你陪漂亮的妻子和小女儿在“avenues”[①] 商场里逛。刹那间，我感到自己的心脏剧烈颤动，眼睛像是被锋利的指甲戳到，剧痛无比……难以压抑

① “avenues”是科威特最大的购物中心，2007年4月开业。——译者注

的情绪在胸中像暴风一样膨胀，步伐也变得沉重起来，我不知道这究竟是怎么了！一瞬间，我想起你曾许下的承诺，你说我们很快就能在一起了，你发誓这一生除了我之外没爱过任何其他女人……过往的一幕幕场景在我脑海中不断闪现，一时间竟让我不知所措！我真想走过去跟你打声招呼，握个手，然后盯着那双我熟悉的眼睛，斩钉截铁地告诉你：如果你依然想和你的妻子保持关系，想在我们两人之间左右逢源，那我绝不同意，我不会与这位女士共享一个丈夫！

那一刻，我的心中第一次产生这样的疑问：一个已婚男人会在恋爱时与两个女人同床共枕吗？如果你和我们两个人睡在一张床上，那情景肯定会很刺激。两个女人分享一个男人，可以吗？

那天，我一直跟在你们后面，眼睁睁看着你和妻子手挽手向前走，心中的妒火难以抑制：现在如此，那以后如何呢？我突然想到你的妻子，想象她得知你我的关系后会遭受怎样的打击。你曾说过：如果她知道我们结婚了，一定会发疯似的跑到自己母亲和姐妹们那儿哭诉："那个混蛋背叛了我！"可是，她随后又会跑回来，低声下气地哀求："你已经和我结婚了，请不要……"我几乎能想象到，几秒钟之后，她便会出现惊诧的表情："你居然要和一个什叶派的女孩结婚，说什叶派的语言！"言语间，"什叶派"这三个字如同瘟疫一般……她或许会用一记耳光控诉你的背叛和婚外情，就好像你和其他逊尼派或基督徒女孩成婚便顺理成章！

那天我一直压抑着心中翻江倒海的情绪，偷偷跟在你们身后不远处，后来你们走进一家名叫雷诺特（Lenôtre）的法式餐厅，我也跟了进来，在一个背对你们的角落里坐下。可就在那一瞬间，我却想逃离，我觉得自己无法继续眼睁睁地看着你们俩在一起！我在心里暗暗地对自己说：迟早我会让这个女人知道我的存在，并告诉她我们之间发生的一切。

你们俩坐在一起轻声交谈，语气是那么的安静平和，而我就坐在那里注视着眼前发生的一切，任由锋利的尖刀插进胸膛。又一个声音响起：这个女人，还有这个小女孩又有什么错呢？一时间，我的思绪凌乱了……可是那团妒火终究难以抑制，我站起身，大步朝你们餐桌走去，在你惊愕之时，满是愤恨地伸出颤抖的手：

“晚上好，马沙里先生！”

我不知道这位“马沙里先生”会如何回应。只见你尴尬地站起身，极力克制自己的情绪，然后艰难地挤出一句：

“你好！”

之后，我又朝你妻子微笑着说：

“我叫考姗儿。”

其实我也不知道自己究竟想说什么，只觉得心跳加速。与此同时，我察觉到了你极为尴尬局促的表情，于是打破僵局：

“您请坐！”

随后，我又看着你妻子的眼睛说：

“很高兴认识你。”

我心里暗暗自语：让你和你老婆赶紧消失吧！随即我转身离开，走了几步之后，我意识到还没和你女儿打招呼，就又回来，摸摸她的头说：“小可爱，你长得可真像爸爸呀！”

说完这句话后，我真的离开了餐厅。就在汽车发动的那一刻，我心里的委屈瞬间决堤，脸上泪如雨下！

后来，你打了很多电话，我都视而不见。内心的压抑让人窒息，痛苦之中我第一次清醒地意识到，你本来就是一个有家室的男人，我纯粹就是自找的。而唯一算是自我安慰的是，我的出现让你不安、尴尬，陷入窘境，心里升起的莫名快感让我有些享受，这也算是给你妻子的一次打击，虽然她并不知道这一切。

* * *

自从我第一次走进你的办公室，你就对我说：

“我能约你出去聊聊天吗？”

之后的一天里，我的手机便遭遇了你的信息轰炸：

“早上好，我心爱的玫瑰！”

“早安，很想你！”

而且是每隔几小时就发动一轮新的攻击：

“为什么我这么想你，可你却无动于衷?”

“你对我太吝啬了!”

电子邮件里的歌曲链接也接连不断地发来：早晨是清新的问候音乐，晚上是轻柔的晚安音乐，偶尔还夹杂着一些萨克斯的旋律。我不知该如何回应，却对你的甜言蜜语十分享受，或者心中已经默许你所做的这一切。

后来的一个晚上，我们开车路过晨光医院附近的贾迈勒·阿卜杜·纳赛尔大街，忽然间我想到你的婚姻和家庭，就随口问了你一句：

“如果你的妻子和其他男人出门，你会同意吗?”

你立刻像被蝎子蜇了似地跳起来，无比愤怒地冲我大吼：

“注意你说话的分寸!”

你无耻的行为瞬间让我火冒三丈，你勾引着我，却在心里觉得我的行为如此不堪，在我的车里还敢斥责我！于是，我直接把车停到了晨光医院的大门口，吼道：

“滚下去!”

你露出惊诧而又难以置信的表情，我不再多言，径直下车，愤怒地打开你这边的车门：

“滚!”

我回身用颤抖的手发动汽车扬长而去，感觉自己挣脱了你的束缚，把你一个人扔在原地，就像在晨光医院门口的人行道上丢弃了一张脏面巾纸……我从烟盒里抽出一根烟，在腾起的烟雾中，将你挥手抹去：

“马沙里，我们到此结束！”

* * *

尽管如此，到最后我还是决定嫁给你。我敢肯定，如果让你选择，你只会让我做一个情妇，仅此而已……就在今天，再过三四个小时我们就会结婚。我会拿到合法的婚姻证明，我会成为你合法的妻子，我会名正言顺地怀上你的孩子。

那一纸婚书是多么神奇啊！它就像高墙之上洞开的、仅容两人通过的大门：门外，不管经历的是怎样的旅程、何种情感，都在你打开并走进它的那一刻戛然而止，等待你的是另一个完全不同的世界。我曾听过太多的人谈起婚后的生活，竟然觉得这份婚书对于男女关系而言，就像是一个隐藏着的魔鬼。它对男人说：这个女人只归你所有，你尽可做想做的一切；之后又对女人说：这个男人属于你，你应当不离不弃。

马沙里，当你在婚书上签字之后，会怎么对我？我们还会一如既往吗？还是变得和别人一样？一个个令人烦躁的疑问从我醒来的凌晨就一直缠绕着我！

*　　*　　*

伊斯兰教法规定，男女缔结婚姻须有两位成年的穆斯林男性作为证婚人。我选择了两位非科威特籍证婚人——因为你不希望我们结婚的事被人知道，你冷冷地说：

“至少不应该是现在。”

我习惯了你的忽冷忽热，但这句话还是令我愕然：作为男人，你怎么会不知道人生中有两件大事——死亡与婚姻是无法隐藏的！但最终在和你长谈之后，我还是屈辱地接受了秘密成婚的条件，之所以这样决定，是因为我真的已经厌烦了无休止的争吵，也恨透了一个人孤零零地生活。我的心早已在你那儿，我不想每次见面都偷偷摸摸，也不想这样煎熬、等待下去，更不想继续忍受巴基尔叔叔的恐吓！当然，也包括你的穷追不舍，你始终固执地坚持着我们彼此之间的关系。

*　　*　　*

我选的这两位证婚人分别是大楼的埃及门卫海力迪和

黎巴嫩出租车司机阿里，阿里每周日都会送家中女佣去教堂祷告。到时，海力迪会乘坐阿里的车，前去婚姻登记处为我们证婚——我已付给他们每人五十第纳尔——保证他们俩按时到场。

昨天，你和我约定：“明天早上九点过来接你。”

但却总有种不祥的预感涌上心头：你要是不来呢？你会不会背信弃义？

这纸婚书在签订之前，就注定会遭到我全家人的反对。母亲、姐姐们、叔叔，他们一定会不厌其烦地重复：“这个男人居然抛妻弃子，去追一个什叶派的情人！”他们甚至会去打扰你的家人。

你我两家人必定会将我们抛弃……而最终，我们会在法律的承认和家人的反对中共枕而眠。在这个保守的社会里，世俗的眼光往往超越了法律的存在！

拿到婚书的那一刻，我想我会迫不及待地望向你，那一刻的场景已经在我的脑海里预演了无数次。从此，我将把心托付给你，而你也会把男性独有的爱给予我……

* * *

四年前，我们在你的办公室里第一次见面：我作为银行贵宾业务的负责人，一直通过电话、传真和邮件与你这位VIP客户联系，为你处理股票业务。我喜欢你的彬彬有礼、言简意赅，但也对你的故作慷慨、每一笔盈利业务都要重礼答谢的做法感到厌烦。我特别想看看你到底是个怎样的人，于是决定亲自去见你。可我又担心你现实中的形象与报纸杂志上报道的差别太大，我喜欢高高大大的男人，讨厌矮个子，讨厌娘娘腔，也讨厌肌肉男，讨厌脚跟粗糙或体味浓烈的男人。

我编了一个冠冕堂皇的理由，说你的银行账户有一份新表格要填写。当时你说可以派代理人把表给我送过来，我却回复说，这个表格比较特殊，需要你亲自到银行来签字，随后又耍了个小伎俩提议道：

“或者我给您送过去也行。”

“好的，随时欢迎。”

你答应得如此爽快，就好像也很期待这次见面似的。可是当我走进办公室的时候，我发现你的目光一直在回避躲闪……或许是我的样子跟你预想的不太一样吧。握手的一瞬间，我感到自己的灵魂瞬间沦陷，沦陷在你友善迷人的眼神之中，沦陷在你充满男性力量而又不失温柔的手掌之内，沦陷在你那修长而有着整齐指甲的手指之间……

在谈完股票和资金状况之后，我起身将一个袋子放在你办公桌上。

“这是什么？”你面露惊色。

我咕哝了一句：

“是你曾经送给我的礼物。”

而接下来的一句话肯定让你更为惊诧不已：

“我比你有钱！”

你面无表情，显然对我的话毫无防备。我准备起身离开：

“再见！”

“等一下，请等一下！”

你急忙从办公桌后出来，略显激动地问：

“你……你要去哪儿？”

同时，你伸手抓住了我的手臂，又马上放开，好像感觉到有些不妥，你用近乎恳求的语气说：

“留下来再坐一会儿吧。”

我看着你的眼睛，用近乎命令的口吻说道：

“请坐回你的位置上去！”

“其实我骗了你，根本就没有什么交易记录需要你签字确认。”

你尴尬地站在原地，脸上露出惊讶又怅然若失的表情。而我却兴奋地走出你的办公室，开心得简直要跳起来，一遍遍在心里对自己说：“他简直太帅了！”

* * *

让我倍感焦虑、萦绕着我的疑问到底从何而来？我们究竟在朝着命运安排的哪里前行？被召唤，却无从知晓那背后隐藏的秘密。

就像每个男人有权和自己心爱的女人结婚一样，女人们也应有权利嫁给所爱之人。我愿意嫁给你，是因为我喜欢你，爱你……

一段时间里，我有了想生一个孩子的念头，它不断侵扰着我，并随着日子的流逝，在我心中越来越强烈，好像在不断地提醒我，姐妹和朋友都已经有了孩子，而自己也已经三十多岁。我期待和其他孕妇一样，看着肚子一天一天地隆起，感受子宫里的胎动，长出妊娠纹，也想象着自己脸上长出妊娠斑、挺着大肚子、穿着平底鞋散步的样子。我有生以来第一次在儿童服装店前停下脚步，站在孕妇装的柜台边，好像看到了自己推着婴儿车时的样子。那一刻我终于明白了女同事的烦恼，她是我在单位里最要好的朋友，结婚五年多了却一直没怀上孩子，几次试管婴儿手术也都以失败告终。那段时间她心情异常低落，常常流着泪对我说：

“如果一个女人不能怀孕生子，那她就失去了生命中最珍贵、最美好的东西。”

我看着她难过心痛，倾听着她的诉说：

“女人每次来月经时，总会心情烦躁，并不是因为伴随而来的疼痛，而是她将换下的卫生巾缠上，偷偷丢进垃圾篓的那一刻，作为女性灵魂的苦恼。”

之后，她话锋一转：

“但男人看到的只是你的容颜和身体，如果他们知晓女人背后这些东西，一定会改变对她的看法，说不定还会逃之夭夭！”

她每次都会跟我一直说到下班的时间，之后心绪会稍稍缓解，并对我说：

“抱歉！”

她似乎才突然意识到我还单身，于是歉意地站起来说：

“真不好意思，亲爱的，我跟你抱怨得太多了！”

* * *

第一次见到你的那天，我一走出你的办公室就故意关掉手机，心想你肯定会再联系我，甚至暗暗和自己打赌：他会打来几次电话呢？三次？五次？……那天回到单位后，我就一直忙于工作，全然忘记了包里的手机，直到姐姐杰米莱把电话打到我办公室，问我：

“你手机怎么关机了？”

我这才想起手机和你的事儿，开机后惊讶地发现，居然有你的七个未接来电！我暗自偷笑，还没来得及看其他未接来电，你的电话就又打了进来：

“喂？”

我确定那一刻你只想听到我的声音，整个人都魂不守舍了。我期待你能主动说点什么，但是电话那头却一直沉默。

“您请说，马沙里先生。”

“不要叫我先生！”

这就是我们爱情故事的开始，当时我并未从对话中听出你的软弱，只是觉得你就像个孩子，我预感我们之间还会发生许许多多的事。出乎我自己意料的是我居然张嘴问了一句话：

“一起出去吃个午饭吗？”

面对突然的邀请，你尴尬地沉默了好几秒，我赶忙岔开话茬：

“抱歉！我妈妈找我呢。”

我立刻道别，没再给你说话的机会，因为我心里责怪自己为何如此沉不住气，也懊恼你拒绝了我的邀请，挂了电话便直接把手机关掉了，下班时间还没到就匆匆地离开了单位。

你没有放弃，我现在还记得那条短信的内容：

“最美的早晨属于最倔强的女孩！”

第二天一大早，我刚开机就看到了这句话，我看到了你的轻浮，却掩不住自己心中的甜蜜，开心地淋浴、打扮，出门前还喷了香水。你好像算准了时间一样，在汽车发动之时把电话打了进来，语气和之前办理银行业务时全然不同：

“早上好！我的玫瑰。”

我没有作声，你追问道：

“我让你不开心了吗?”

你的口气出乎我的意料，让我一时不知该如何回应。你接着问道：

“我要怎么做才能让你开心呢?”

“我没有不开心。”

我解释说自己昨日邀约实属冒昧，你的迟疑无可指摘，我理解你的做法。

“那……期待你的再次邀请。”

这并不是我想要听到的话，眼前的男人和之前简直判若两人。在整整一年的工作交往时间里，他和我始终保持着距离。

“我们还是维持工作关系比较好。”

电话那头的你再次陷入沉默，我赶紧趁机说：

“抱歉！我接个电话。”

我迅速挂掉电话，逃离眼前的尴尬，大声对自己说：“这个男人已经结婚了，而且还有孩子。”

一束卡萨布兰卡玫瑰很快出现在我的办公室，里面夹着一张白色的卡片，上面写着“送给亲爱的”。它醉人的馨香飘满了房间，不断撩拨着我的心弦，让我一整天都心神不定。

马沙里，我也不知道自己究竟为什么被你吸引，或许世上的爱与被爱本就没那么多原因。而在被爱之时，我们又如痴如狂，从未想过前方其实是一片痛苦的海洋！

对我，你从一开始就紧追不舍。的确，起初是我借机拜访你，但在那之后，你每个举动都把自己的心思暴露无遗：

当我回电答谢你送的那束花时，你用温柔的语调对我说：“希望我们的关系更进一步。”

我惊诧于你的这句话，一时无言以对，只听你接着柔声细语地说道：

“如果这句话吓到你了，那么我非常抱歉。”

我几乎不敢相信自己的耳朵，一夜之间，这个男人简直判若两人！我开口问道：

“你究竟怎么了？”

依旧是同样温柔的声音：

“我被你迷住了。”

我不知该如何回应，只得尴尬地大笑，而你却更加有恃无恐地表达你的爱慕之情：

“这是我听过的最美笑声！”

* * *

之后的日子里，你对我的追求越来越疯狂，而我也感觉自己已经被你套牢，脑海里全是你的身影……

一天，我从单位大门出来，看见你正朝我走过来：

“我来这儿就为看你一眼。”

你的突然出现让我倍感惊讶，而那炙热的眼神更是让我意乱情迷……

“你为什么要这么残忍地对我呢?”

你的话好奇怪，好像我们之间发生了什么似的，以至于我一时语塞，怀疑自己是不是有点儿铁石心肠。

当你想约我出去坐坐的时候，我还在努力坚持，故意装作若无其事地说：

“以后再说吧。”

* * *

过去四年间，我的心一直被你牢牢拴住。可就在过去的几个月里，从我们决定结婚的那一天起，我发现你眼睛里迷人的火焰渐渐黯淡，脸上灿烂的笑容也开始一点一点消失……你满腹牢骚，甚至痛苦地抱怨：

“我感觉自己的生活越来越糟!”

“我再也没法专心工作了!”

曾几何时，我着了魔似地将你视为生命中唯一的伴侣，而你也认为我魅力四射……但最近一段时间，我备受煎熬：我渴望你留在我身边，但又要看着你夹在家庭与我之间难以取舍……最终我下定决心，不再让你进我的家门，彻底结束这段关系：

“求求你，别再来了！”

“我是不会再让你进门的！”

可是……你还是来了：第一次，你在我的门外站了近一刻钟，最后在门缝里塞进一张小纸条才离开，上面写着：“考姗儿，马沙里的爱人”；第二次，你什么也没留下；第三次，你凌晨两点多来到我家门前，已经入睡的我被门铃声吵醒，赶紧打开门让你进来。你望着身穿睡衣的我，用初次相遇般的口吻说：

“我爱你！”

说完这句让人痛苦的话，你整个人就瘫倒在沙发上，再不说话……而我居然在你对面的沙发上睡着了，直到女佣第二天七点叫醒我的时候，我才发现屋子里只剩下我一个人，好像一切不过是场梦，你从未来过。

就在这时，电话响起：

“你太无情了！”

“昨天过去就只为看你一眼，真的无法想象没有你的日子我会是什么样的。”

“那你妻子怎么办？”

你瞬间语塞，而我的心也在颤抖哭泣。

我们两个人都深陷困局：作为男人，你在追求一个女人，要面临放弃原有的婚姻和孩子；而作为女人，我的恋爱忍受家人的反对、内心的煎熬，甚至是巴基尔叔叔的威胁，强硬地想要把你从妻儿的怀里抢过来……之所以一定要和你结婚，是因为我并不想做那种只供男人玩弄的卑贱女人，那种你一时兴起才会找上门寻欢作乐，离开后就将她抛进万丈深渊的女人。

*　　*　　*

我不知道自己为什么在结婚这天早上如此恐惧！或许我真的太累了，无法承受再多一点的打击！

沙特有种米斯亚尔[①]婚姻。我不想做那种柔弱的女人，蜷缩在家人的庇护之下，眼巴巴地等待男人的宠幸，任由他扒光衣服，然后看着他像公鸡翘起羽毛，肆意释放体内的雄性激素，满足内心饥渴的欲望。待一切过后，只能苦苦期待他再次兴起的时候找上门来……什叶派还有一种享乐[②]婚姻，但那也不是我想要的，我不想成为无聊男人眼

① 米斯亚尔婚姻由阿语原文音译而来，指的是一位穆斯林已婚男性在满足所有法定条件的情况下，与另一位女性缔结婚姻。该婚姻通常需要满足以下条件：男女双方自愿缔结婚姻；有两位成年穆斯林男性作为见证人；女方自愿放弃一些婚姻的合法权利，例如住房、财产等。——译者注

② 享乐婚姻是伊斯兰教中的一种临时婚姻，通常以合同或口头规定婚姻的期限和彩礼，它的主要依据出自《古兰经》中的一句话："既与你们成婚的妇女，你们应当把已决定的聘仪交给她们。"（译文选自《古兰经》妇女章第24节，马坚译，中国社会科学出版社，2009年3月第1版）。穆斯林们一致认同，这种婚姻是在先知穆罕默德时代产生的，但是对于它已被废除还是依然存在，则有诸多争议。——译者注

中的玩物，用光鲜的外表吸引他，在形式上和对方维持一两个月的关系，仅供他取乐……我想拥有的是一段真正而完整的婚姻！我的那个他，应该是一个负责而专情的男人！父亲曾对我说，婚姻对于男女二人来说是共同分担生活的甜蜜与苦涩，而不是同床异梦，貌合神离。

马沙里，我想走近你、依偎你，思忖良久才下定决心……结婚的决定并不是从一方而来，而应是双方共同的意愿，然后在清真寺、法庭或合法律师面前获得认可，世界上所有国家的宗教和法律规定皆是如此。而最重要的是，双方必须一致同意结为夫妇，并且有公证人员在场。相比于我的大胆决定，你却在这件事上显得畏缩胆怯！

或许这才是我害怕的真正原因！

科威特是世界上最小的国家之一，你我还都是本国穆斯林，但是依然有许多障碍横亘在我们的爱情和婚姻之间：你既想维持和我的关系，又想保住妻儿和自己的社会地位；既不想破坏家里的安宁，以家庭稳定的形象出现在公众视野中，又想让我做你的情人。对此，我绝不答应，我拒绝做一个无法拥有完整男人的女人！我的爱情世界里，你只能属于我一个人，而我也只会属于你一个人。如果你要像这里的其他男人一样仅仅留给我一半，半个爱人、半个丈夫，那么我选择放弃这一半！我只要完整的你！还有，我是什叶派，而你是逊尼派。尽管你没有勇气直接说出来，但是很多时候我都能感受到你的在意，你越是想隐藏，心里的纠结和无可奈何就越是暴露无疑，就好像总有一个声音在旁边说：

“他居然和一个什叶派情人偷偷结婚了！”

自父亲去世以后，我就觉得自己在科威特六亲无靠了……我在饱受孤独痛苦折磨时，也考虑过迁居外国，远离一切纠缠，可你却一直对我说：

“你如果走了，我也活不了的。”

每次听到这话，我都会回你一句：

“骗子！”

你却面带微笑，觉得我的话是玩笑，而我却一本正经地跟你说：

“我是认真的。”

我从来没听说过哪个男人真的因为爱人的离开而死去，这种事儿应该只会出现在浪漫小说和好莱坞电影里。

唉，马沙里，你知道吗？在绝望、伤心和痛苦面前，有你陪伴的短暂快乐时光几乎不值一提！我多希望自己能遵从心中理智的声音：从第一次见面那天起，从第一次你拒绝我的午餐邀请那时起，我就已经对自己说过：这个男人不属于你，考姗儿，他那么谨小慎微，是不会和你走到一起的！我甚至为此列出了理由：他已经结婚了，还有三个孩子！我绝对不允许自己成为破坏别人完整家庭的人！也绝不会从另一个女人手中偷走她的丈夫，当然也不会与她共享一个丈夫！我无法将自己的幸福建立在另一个女人和她孩子们的痛苦之上，我对自己说过一切的一切……但是……那一切的原则和立场，在爱情面前却如此脆弱，不堪一击……最后，我毫无选择地只能向它妥协……

几个小时后，或许我就能拿到那份婚书，开始与你计划为期一周的蜜月之旅。

但顷刻间，我却感觉我的一切都混乱不堪！昨天晚上入睡之前，我既兴奋又欢喜，但今天早晨醒来，却如此纠结惶恐，一大堆的问题纠缠着我……我无法厘清头绪，也不知该如何解决……

我依然躺在自己房间的床上……的确，一个人搬进新家后，是需要一段时间来适应她的新床，为此我特意从父亲家中拿来自己最喜欢的枕头……天蒙蒙亮时，清真寺传来宣礼员洪亮的声音，好像故意要将我唤醒，我看了眼仿佛一直在暗中监视我的表——才早上五点钟，于是我把被子再次裹紧……每当生命中的重要时刻即将来临，人们总会觉得时间走得太慢，好像不知道它其实从来不会停辍。

* * *

我从小就和家中的姐妹、表姐妹或其他女孩们截然不同！

我家中共有五个女孩：父亲给大姐起名杰米莱——是取自阿尔及利亚女革命家杰米莱·布希拉德的名字，接下来是我的双胞胎姐姐法蒂玛、宰娜白，然后是苏莱娅。

母亲怀我的时候，其实特别希望是个男孩，而生我那天父亲却对她说：

“我不想要男孩。”

他还开玩笑地看着母亲说：

“你要是非想生个男孩，那就找别的男人去吧。”

每当母亲回忆起这段往事的时候，脸上总是露出严肃的表情，并转述父亲的话：

“考姗儿既是我们的女儿，也是我们的儿子。”

每每说起从小到大的我，妈妈总是无奈地沉默，片刻后略带苦楚地自言自语道：

“你父亲说的是对的。”

* * *

三

时钟指针指向了五点半——我像往常一样起床，拉开窗帘，跟窗外的大海问好。一股甜蜜在心头涌起：有一天，他会和我住在一起，我也会一次次对他说：

“早上好！”

寓所里一片寂静，女佣还睡着。我又躺回床上，望着白色的天花板，记忆如同影片一样放映在眼前……母亲曾对我说：

“谁要娶了你，可真是太可怜了。”

我看着她，问：

“为什么？”

她稍作停顿，之后毫无表情地答道：

“娇生惯养，任性难缠。”

而那头立刻传来父亲的声音：

“爱上她的，注定是个可怜之人。”

我曾无数次问自己：父亲为什么不断重复那句话呢？或许是因为我一直和他黏在一起，迷恋他的世界，所以他才知道我将会如何恋爱……父亲既是我的朋友，也是我所爱之人，从小到大，在几个女孩之中，他唯独对我宠爱有加，这没少让姐姐们嫉妒！

1987年，我十岁，姐姐苏莱娅十二岁。一天，我们一块儿站在海滩的防潮堤上看海，她突然把我一下子推进海里。当时，海上风急浪高、波涛汹涌，一时间我只觉得自己的心脏猛然颤动，紧接着全身都淹没在了海水中……后来不知挣扎了多久，只记得有一股巨大的力量要把我拽进海的深处，直到父亲用力按压我的胸膛，呛出我口鼻里的海水，我才逐渐恢复意识。那一刻，我真切地感受到死亡的恐惧，意识到生命竟是如此脆弱，根本经不起一把小小的推搡，甚至在我还没意识到的时候，可能就已经结束了。也许正因为经历了这样的事故，所以在这之后的生命里，我都会固执地告诉自己，要过好当下，为自己而活，就好像下一秒我就会死去。

那天下午坐车回家的路上，我跟父亲提出要求，希望他教我学游泳，还跟母亲说我再也不和苏莱娅睡一个房间了。母亲并没把我的话当回事，临睡觉的时候才敷衍地对我说：

“你爸爸已经惩罚过她了，以后她再也不敢了。”

我就坐在客厅，一字一句地跟她重复道：

“我就不和她睡！”

我坚定的眼神和声调都表明，我根本不会妥协，势必和蜷坐一旁的苏莱娅对抗到底。母亲脸上掠过一丝不快和厌烦，大声地喊来父亲。他一边把我抱到床边，一边对母亲说：

“从明天起，每个女孩都单独睡一个房间。”

第二天，一道砖墙将我和姐姐苏莱娅的房间隔开，而在此之前我心中早已筑起对她的恐惧之墙，她的心中也筑起对我的嫉恨之墙。

那件事就是我固执性格的第一次证明。

父亲对我的溺爱、偏疼招致了姐姐们对我的嫉妒，也使我和母亲的关系变得尴尬，不只是在小时候，在人生的各个阶段皆是如此。母亲在家中会更加袒护苏莱娅，而姐姐们也总是故意喊我：

“爸爸的掌上明珠！”

开斋节和宰牲节的第一天早晨，父亲都会照例去祖父家的迪瓦尼亚[1]参加宗教仪式，他回到家的时候，母亲已经给我们洗完了澡，换了新衣，梳完了头，也熏了香。一进家门，他就会说：

“祝大家节日快乐！”

尽管母亲提醒我别离开自己的座位，可我还是忍不住跑过去，扑进他的怀抱，然后说：

“也祝你节日快乐！”

他笑着把我抱起来、亲亲我，像是故意让所有人都听见似的大声说：

“节日快乐，爸爸的宝贝儿！”

随后，他坐在椅子上，拍拍长衫右侧的口袋，用熟悉的口吻一遍遍重复：

“发钱喽，去买节日礼物吧！”

接下来他开始分发节日礼金，先给母亲，然后是姐姐们——杰米莱、法蒂玛、宰娜白、苏莱娅，她们收到的金额都相同。最后轮到我的时候，他会单独从口袋里抽出一叠新钱说：

“这是给你的，亲爱的，想拿多少拿多少。”

母亲在一旁责备他说：

“她们都是你的女儿，不应该区别对待。”

可他却毫不掩饰地回答：

---

① 迪瓦尼亚是科威特人招待亲戚、邻居、朋友的固定地点，它是科威特人民慷慨待客的重要体现。人们经常会在闲暇时间聚集在这里，讨论各类事件或做出家族的重要决定。——译者注

“我就是喜欢考姗儿嘛!”

母亲明显不高兴了，冲我大喊：

“姐姐们拿多少，你就拿多少!”

父亲非常疼爱我，娇惯我，我也因此与姐姐们渐渐疏远。我还不满六岁时，他就让我进入书房和他一起读书。每日午休过后，他会端着茶杯径直走进书房，和我坐在一起分享属于他的秘密。比如，他会告诉我当天都干了些什么，有哪些朋友，还让我给他讲每天在学校里发生的事情。在达斯马区家中那间熟悉的屋子里，父亲陪我一起完成家庭作业，还常常读书给我听，尽管当时很多内容我都不太明白。九岁起我就自己独立阅读了，开始每天都和他比赛谁读的页数更多。

那时，我常去父亲的书房，为的就是证明自己在他心目中的特殊位置，我要做给母亲和姐姐们看，让她们知道我俩彼此有多亲近，我在父亲心目中的地位有多与众不同。而实际上，从内心深处我更想聆听他每日的趣事，和他分享自己生活的点滴，通过阅读接近他的心灵，努力让他幸福快乐。在那间书房里，我见过父亲文化圈的朋友，有作家，也有艺术家，我经常在一旁聆听他们的高谈阔论。可是父亲永远都不会知道，这些小憩、阅读和谈话对我产生的巨大影响——甚至改变了我的人生，让我从此与众不同，格格不入，无论走到哪里都能感觉到孤独的痛苦。

四

在这里——我独自坐在办公室的电脑前，腰椎间盘的刺痛一阵阵从后背袭来，左腿也渐渐酸麻……我只好放下手头的工作，起身在屋里缓缓踱步。打开那段幽婉的旋律，马哈茂德动情的歌声又在耳畔响起：

我看见了美丽的辫子，还以为你是罗马人……

曼妙的舞姿中，诗人沙姆里甚至将那位姑娘当成了外国人……这时，青少年时代美好的回忆纷纷涌来，精彩的萨米利亚艺术表演仿佛把我带回儿时：女演员们身着镶满金边的轻薄舞裙，随着乐曲的节奏一边低声吟唱，一边翩翩起舞、摇曳生姿。

就这样，她们缓缓迈着柔美的步伐，轻歌曼舞，似乎已经和宛若天成的旋律融为一体……高潮时刻终于到来，一位女士掀开头巾，露出姣好的面庞，秀发在空中甩动，把沁人心脾的芳香洒向人群，像是也将心中一切烦恼都甩到身后。直到鼓声和掌声再次响起，她才重新戴上头巾，遮住了秀发和容颜。

人的肢体动作何以叩响灵魂的大门?

这句话像魔咒般一直在我的脑海中回响，又像一群蚂蚁在我心头蠕动……在这里，我每天独自度过数小时的时光，孤独已然将我包围，正如眼前四面沉默无言的墙。

我站在办公室窗前，俯视着穆巴拉克城区的街景：川流不息的车辆从阿里·赛里姆大街上驶过，远处是国家清真寺的穹顶，它旁边是即将竣工而高耸入云的中央银行大厦。

我的办公室很小，除了四周白色的墙、一套深咖色的沙发、一张咖色的办公桌、一台电脑和一些书籍杂志外，剩下的就只有我呐喊的思想了……我是这里的“囚徒”。办公室的门整日关着，外面工程管理处的各种工作、会议和会见都与我无关。只有当我经过走廊的时候，才偶尔会和几位遇见的同事打声招呼。

2009年起，我就一直待在这里，经常听一些人在国家文化、艺术与文学委员会办公室谈论这样的话题：

“塔里布·里法伊这个人太古板了!”

也有人聊起我经常缺席国家文化、艺术与文学委员会的各类活动，小心翼翼地在我背后说：

“那就别给他任何职务，也别给他分配什么工作。”

还有人说我骄傲自大，目中无人……我选择远离市侩，但是国内外很多作家、记者和媒体朋友来拜访我的时候都特别羡慕我，因为他们发现我可以每天一成不变地在这里阅读和写作，而月底还能照常领到全额工资。

20世纪70年代中期，我就开始了文学创作，经常在科威特大学的杂志和报纸上发表文章，那时我还只是石油工程系的学生，心中有太多想实现的梦想。三十多年过去了，我终于领悟到我人生的真谛：唯有写作，才能支撑着我面对生活的难题，它已然成为我灵魂的慰藉，我每天的生活都因写作而变得丰富多姿！

就在刚刚，我完成了小说新一章的写作。从开始着手到现在，这部作品已经用去我一年多的时间，因为按照惯例我会对它进行反复打磨。这时，敲门声轻轻响起，我站在窗前说了声：

“请进！”

门被推开了一个小缝，考姗儿探进头来：

“早上好！”

“早上好！”我微笑着说。

她迈着轻快的步伐走进房间，伸出手向我问好，随后亲吻我的脸颊：

“您一个人吗？”

“经常是这样的。”

她的突然到访使我有点儿局促不安，耳畔的歌声仿佛再次响起：

等一等，我的爱人，请揭开你的面纱，让我对你倾诉衷肠……

她穿着蓝色缎面、黄色刺绣点缀的长裙，手腕上的萧邦手表熠熠闪光，背着一个昂贵的爱马仕皮包，跷着二郎腿坐在沙发上。不知为什么，突然间我觉得大脑一片空白，又觉得好像有无数个声音在激荡。

“按约定的时间，我过来了。”

或许是她炯炯的眼神、光滑的肌肤，又或许是她披散的金发、小巧的双唇，让我想起了好莱坞著名影星查理兹·塞隆。

“我不会占用你太多时间的。”

我没有作声，甚至带着一丝闪躲望向她。

“马沙里会来拜访你，在他向我求婚之前。”

这句话就像锋利的指甲划过我的脸颊。

“你是我爸爸最好的朋友，我只有你一个亲近的人了。”

我本想说些什么，可是话到嘴边又咽了回去。但是我没想到她会提出这样的请求，也不知道这句话背后究竟是何种初衷。

“马沙里已经决定来见你了。”

我一直在犹豫该怎么告诉她，我正在以他们的真实姓名，在书里写她的故事、家庭和爱情，只是省去了她已逝父亲——我挚友的名字，以示对彼此私交的尊重。我曾和他父亲开玩笑地说：

“有一天我会为你写一部小说。”

他像往常一样微笑地答到：

“那可别太迟了，死亡随时会降临。”

是他对死亡早有预感，才说这句话暗示我，而我却没有解读出来？我该怎么告诉考姗儿，其实她就是我小说里的女主人公，这本书就是围绕她生活的故事和与马沙里的爱情展开的？

“我们俩下周就要订婚了。”

我才回过神来，接着问：

“你家人知道了？”

“我和他们已经没有任何关系了。”

说这句话的时候，她的语气里透出一丝悲伤。她接着说：

“从我搬出去住的那天起，他们就和我断绝关系了。”

我望着这个在拼命争取合法婚姻，想要获得平静生活的女孩，心想：这么做究竟要付出多大的代价？答案很可能是毁灭性的，她必须要跨越社会圈定的层层界限和重重障碍，不顾一切地与命运抗争，粉碎所有反对她的力量。

她动人心魄的美不禁使我陷入深思：“是多么幸运的一个男人，才能获得她的芳心，与她长相厮守，共度余生？”

“你同意吗？”

问我时，她的眼神里充满了哀伤与乞求。

“同意。”

说这句话的时候我真想逃开，这可能是我逃脱眼前窘境的唯一方法。而考姗儿得到了她想要的答案，欢喜地说：

“我就知道你不会让我失望。”

她的眼神里满是幸福和甜蜜，整个人都神采奕奕：

“那我就不再占用你的时间了，你一定还忙着写作。”

我面无表情地说：

“之后和你联系。”

于是她起身，一头扎进我怀里，说：

“但愿真主永远不会让您从我身边离开。”

我突然悲从中来，一时间竟说不出一句话。

她轻轻离去，只留下香水的味道和她父亲灵魂的气息。我拖着沉重的脚步重新站到办公室的窗前，继续俯视车水马龙的大街，脑海中仿佛长出了带刺的荆棘。

我自言自语道：考姗儿居然让我也参与到她的爱情故事中来！如果是这样，那么小说该如何继续呢？这时，悠扬的旋律在宁静中再次响起：

让我对你倾诉衷肠……

五

“亲手拿到那纸婚书，……”

大声说出心中所想后，你又补上了这句话。而它，仿佛预示着几小时后即将发生的一切。

一串串让人恐惧的疑问伴随着清晨的苏醒接踵而至……你搬进这套公寓已经六个月了。一个地方何以让人获得安宁？又如何伸出它充满魔力的手，重塑我们的灵魂？

六个月的时光几乎把你变成了另一个考姗儿！

你记不清曾在哪部小说里读过这样一句话：监狱常常在囚犯们的灵魂上刻下可以掩藏却无法抹去的痛苦印记，它会像苦瓜的味道一样如影随形，不断在你灵魂的嘴角留下苦涩的余味，直到生命的最后一刻！

你开始变得焦虑不安：女佣在家时，你厌烦她的气息，而当她周日晚上去教堂祷告时，你又觉得房子里空空荡荡……你的脚步和眼神也和从前大不一样，你总是侧耳细听那些窃窃私语，而有时候你还会赤身裸体地在家中走来走去，任由墙壁偷窥你身体的曲线。

你想起了父亲的好友麦志迪博士的话，就像你第一次听到时的情景：

“我回到了埃及，居然觉得那里才是异乡！”

他是你父亲生前好友之一，在科威特工作了二十五年，每当他从埃及探亲回来之后都会如此抱怨：

“有些亲戚朋友我都不认识了，我甚至连自己的家都不知道在哪儿！”

他很难过，伤感的语气里也充满了无奈：

“才只过了一周，孩子们就催我赶快回科威特！”

你虽然还没从心里完全接受目前的住所，但心头拂过一丝欢喜。

时钟的指针指向早上五点四十五分，而你依然躺在床上，享受着美好的懒觉时光。再过一段时间，马沙里就会和你一同分享这一切。

你也不知道，他如果不离婚，究竟能把多少爱分给你，又会留多少爱给他的妻子！

恐惧和梦魇让你辗转难眠，往事的回忆纷纷涌上心头……你迟迟没有起身迎接海面上那缕晨光——它就躲藏在窗帘后面的广阔天地里，在粼粼波光之中等待着你。

六

马沙里，总有一天我会为你讲述我生命中发生的故事……重要的是，今天上午我们就会结为合法夫妻！为了迎接你的到来，我已打扮就绪：化妆，熏香，让身体的每一寸肌肤都光彩照人，我感觉清爽极了！但一种奇怪而难以言表的感觉始终轻抚我的内心，始终伴随着我的脚步和笑容，不断在我耳边悄悄地说："你是最美的！"

昨天下午，美容院的菲律宾女孩到家里给我做身体护理，我对她说：

"明天我就要结婚了。"

我不知道她为何如此惊讶，好像无法想象我也会结婚一样。待她从惊讶中回过神来，我微笑着对她说：

"全身护理。"

有一次，你曾无意间对我说：

"女人打理自己的样子，总是那么吸引我。"

"你应该总是很容易被人吸引吧。"

我单纯的回答似乎让你有些意想不到。

*　*　*

1977年——我出生那年，也是父亲全家因为姑姑爱勒塔芙的婚事爆发“大战”的一年。那一年，父亲帮助她实现了嫁给梦中情人的梦想，他是姑姑在科威特大学求学期间的好友，是一位逊尼派青年。

当他前来求婚时，爷爷当即表示拒绝：

“我是不会让我的女儿嫁给一个逊尼派男人的。”

这时，我的父亲——一位七年前毕业于贝鲁特美国大学，追求自由解放的民族主义青年站了出来，义正词严地对爷爷说：

“难道你要拒绝一个来自体面家庭、接受过大学教育的科威特青年吗？”

“但他是逊尼派。”

爷爷驳回了他的建议。

巴基尔叔叔突然神经兮兮地插进来，打断了父亲的话：

“把你所谓的自由思想放到一边儿去，妹妹的婚事与你无关。”

姑姑爱勒塔芙跟我说，当时奶奶用特别朴实的话劝解道：

“去跟男孩儿说说，让他变成和我们一样的什叶派不就行了？”

父亲深知爷爷十分看重自己的生意和财产，便追问道：

“那你以后怎么面对逊尼派的生意伙伴呢？”

听到这句话，爷爷顿时语塞，父亲便顺势补了一句：

“这肯定会成为一件丑闻！”

“你妹妹嫁给一个逊尼派才是最大的丑闻！”

巴基尔叔叔对爷爷的意思再清楚不过，于是直接站起来对着父亲大吼：

“教派不同就是不行，我们家是不会和逊尼派结亲的！”

姑姑爱勒塔芙告诉我，全家人为此陷入长达两个多月的激烈争执。其间，巴基尔叔叔一度和父亲闹得非常不愉快，他甚至还指着姑姑骂道：

“你简直就是家里的灾星！”

从那以后，姑姑便一直与他非常疏远。

姑姑跟我讲，那时候她的爱人去过爷爷店里好几次，每次都行贴面礼，而且还坦诚地表示他会满足女方提出的所有要求。父亲也不断鼓励姑姑多跟爷爷沟通，把自己想和这个小伙子结婚的想法明确地告诉他，可姑姑一想到这个场面就两腿发抖，她根本没有勇气面对爷爷，只能经常向奶奶哭诉，恳求她帮忙说服爷爷同意这门婚事。

其间，父亲一直旁敲侧击：

“一旦这个消息传开，你就亏大了！”

爷爷是一位坐拥百万资产的商人，做事均以利益得失为重，小心谨慎，生怕产生任何差池，会影响到他的生意和他百万富翁的名头。或许是因为顾及自己和逊尼派伙伴的生意往来，也或许是因为奶奶的苦苦哀求，他最后还是答应了女儿的请求，但是巴基尔叔叔依然坚决反对：

"这简直是一场权钱交易的婚姻！"

最终，姑姑和她的爱人成婚了。

三十多年过去了。2010年初，我告诉父亲有人想向我求婚。

"那很好啊！"他面露喜色地问道：

"是谁要带走我的心肝宝贝儿啊？"

我不想绕弯子，开门见山地说：

"是一个逊尼派男人。"

他的脸色瞬间由晴转阴，不再看我……我的心瞬间被恐惧和不安占据：父亲变了吗？那个追求自由解放、充满勇气、果敢坚定的他还在吗？

"这个男人是谁？"

他用我熟悉的语气问——我知道那是一种他在逃避回答时才用的语气。我爱我的父亲，既不想折磨自己更不想折磨他！于是我摊牌了，给了他一个直接拒绝我的理由：

"是一位已婚男士，并且他有三个孩子。"

"什么？"

这句话就像一枚击中心脏的子弹，他的眼中充满了震惊、愤怒、诧异、痛苦、心碎和拒绝，好像在绝望而悲伤地说："我不相信！你居然会选择这样的婚姻！"

"你是要嫁给一个已婚男人吗？"

他紧紧盯着我，犀利的眼神让我不寒而栗。

父亲啊，爱情的事就是这样让人难以预料，没人会知道命运将如何安排他的婚姻！以前我总嘲笑别人口中的良缘前定，可现在这种事居然发生在我的身上了！

父亲锋利的目光如刀子一般刺痛了我，我赶忙柔声细语地接着解释，想让他消消气：

“他会和妻子离婚的。”

可父亲反而更加生气了：

“那他的孩子怎么办？”

我感觉他表面上是反对我嫁给一个已婚男人，但真正原因其实还是由于教派的不同。当时不知怎么，我一下子想到了姑姑的事情——仿佛是在提醒他曾经做过的决定：

“可你以前不是也很支持姑姑嫁给一个逊尼派男人吗？”

我明显感觉到这句话瞬间揭开了父亲心中的伤疤，让他回到那个他不愿回望也不愿记起的过往。

只见他满脸尴尬，声音颤抖地说：

“如今情况不同了。”

父亲的话无异于当头一棒！难道他已经否定了自己？否定了之前他的所作所为？我本想告诉他，这些年姑姑一家生活平静而幸福，他们两人恩爱如初！一想到三十年前他的做法和现在对我这事的态度，我就怒不可遏，跟他争吵了很久。

母亲不知道从哪儿冒了出来，我并没有理会她，而她对父亲说：

“你的宝贝女儿居然要嫁给一个逊尼派!”

此时，我们俩正好四目相对，她气愤地说道:

“你从小到大都是个麻烦精!”

我看着父亲，等他为了我回怼母亲一句。可他始终一言不发，好像默认了母亲的意思。那一刻，我几乎要被胸中的风暴吞噬，极力忍住泪水说道:

“谢谢爸爸!”

可他却呆呆地僵在原地，默默掩饰着心中的悲伤。我想，那一刻是我和父亲关系终结的开始。从那以后，他在我俩之间筑起了一道心墙，他不再给我讲他的工作，也不再和我分享他的心事，甚至不愿和我坐在一起，生怕我再次提起结婚的话题。

父亲一生热爱文化，也热爱思考，喜欢阅读文学、经济学、哲学书籍，并且每天都非常关注时政新闻。

在政治方面，他将贾迈勒·阿卜杜勒·纳赛尔总统视为心目中的英雄，把阿拉伯民族统一作为毕生的希望。他坚信，无论经历什么艰难困苦，阿拉伯国家最终一定会实现统一。除了政商两界的朋友之外，他还结交了多名作家、小说家、艺术家和文化界人士，并且对于造型艺术[①]特别痴迷，家里几乎挂满了科威特和其他国家著名艺术家的作品。

在和父亲开口提婚事两年之后，我决定跟父亲提出自

① 造型艺术是科威特乃至阿拉伯国家流行的艺术，通常的表现形式为雕塑、绘画等，科威特国内还专门设有造型艺术协会。——译者注

己想搬出去单住的想法。尽管我十分清楚他肯定会坚决反对，但是我觉得长痛不如短痛，这件事迟早都要摆在我们两人的桌面上……那是十二月的一个夜晚，窗外乌云密布，晚餐后的客厅显得格外安静。

我小心翼翼地开口：

“我想出去买套房子。”

父亲仿佛突然被一道电流击中，足足愣了好几秒才开口问道：

“你是要离开这个家吗？”

在父亲眼中，家是我们休戚与共的地方。如果我离开，就意味着抛弃了他，也意味着抛弃了原来的家。

“我不会离开任何人。”

其实我想对他说，外面的世界早就变了，我有权按照自己想要的方式生活。

虽然我和父亲关系很好，但是从小到大每当我不听话和他顶嘴的时候，他总是非常生气。“爸爸这是在搞专政嘛！”我常在心里对自己说。有时候他只撂下几句话，有时候干脆一个人默不作声地生闷气，好几个小时甚至几天之后才肯理我。

“我反对你一个人出去住。”他说：

“等我死了，你就自由了，到时候你想做什么就做什么。”

这句话像锋利的刀刃直戳我的心，父亲竟然说除非他死了，否则我别想获得自由，别想离开这个家！我已记不清当时自己怎样地伤心痛哭，直到母亲听见声音，从她房里匆匆赶来。这是我为冥冥之中父亲的死而哭，还是为我们关系的终结而哭？是为他的不可理喻而哭，还是为自己的选择而哭？

母亲问道：

“发生了什么事？”

我不想回答，捂着满是泪水的脸离开客厅。不知道父亲跟她说了些什么，只听见那头立刻传来她愤怒的咆哮声：

“买房子是为了会情人吧！”

她的侮辱让我整个人都僵在原地，心中还是祈盼父亲能站出来替我说句话，回击母亲对我的羞辱和指责！可他始终沉默着……于是，我提高嗓门，无所顾忌地顶了一句，故意让父亲听见：

“我感谢你如此了解我！”

那一夜，电闪雷鸣、大雨滂沱，好像老天都与我同悲，有生以来我从未如此悲伤，心中的苦楚像一块巨石，压得我无法呼吸，我无助地大声哭泣。我之所以难过，并不是因为父亲反对我搬出去一个人住，而是由于当母亲无情地羞辱我时，他却视而不见！从小到大我都那么依赖他，信任他，对他言听计从，他曾经总是想尽办法安抚我的情绪。我一直确认，自己是他最爱的、最亲近的人！可是为什么今天他会对我如此冷酷无情？他怎么可以在这个时候抛弃我？他已经从一个开明勇敢的父亲变成了一个保守懦弱的人，而我现在也将忍痛把他从心底抹掉……一个问题涌上心头：父亲真的已经变得和母亲一样了吗？是什么让他现在的想法和三十年前有了如此大的差距？那个每当我靠近他、闻到他身上的味道就会感到心里格外宁静的父亲，哪里去了？那个经常当着家里所有人的面炫耀“考姗儿是我最爱的女儿”的父亲哪里去了？

究竟是什么改变了我的父亲？

那一夜，我觉得我失去了父亲，失去了那个每当我生命中遭逢变故都可以依靠的男人——在这个落后的男权社会里，只有男人才会被认为是力量和权力的象征，而父亲一直是我心灵的仰仗。我为失去父亲而哭泣，似乎在那一刻预料到将要发生的一切……也就是在那一夜，我决定筑起自己的心墙，我坚定地对自己说：“困境之中任何人都只能依靠自己，父亲有权按照他的想法行事，而我也是一样！”

* * *

2011年初，随着各阿拉伯国家游行活动的爆发，尤其是埃及发生的诸多事件，似乎有一种新的力量在父亲心中生长。他的眼神里又充满了光芒，这位六十五岁的老人每天情绪高涨，时刻关注着解放广场[①]的游行动态，嘴里还不断念叨着：

“人民终于要行动起来了！”

他还满怀激情地喊道：

“老百姓都在呐喊：人民要推翻旧的政府！”

父亲一反常态，整天盯着家里的电视屏幕，在半岛电视台和阿拉比亚电视台两个频道间来回切换。平日里只有我、父亲和母亲在家里住，所以我常和他坐在一起聊天，听到他不停地重复道：

“我们一生都在等着这一天的到来。”

我偷偷望向他：一位富有的、崇尚自由主义的科威特男人，一位毕业于贝鲁特美国大学的进步人士，一位纳赛尔民族主义者，一位结交了许多阿拉伯文人的绅士……却也变成了今天这副模样。可是，随着利比亚、也门、叙利亚革命的相继爆发，父亲的脸上却浮现出从未有过的可怕阴云：

“阿拉伯国家就要变天了，”他紧接着又说，“阿拉伯人民已经推倒了恐惧之墙。”

父亲的变化使我非常不安。从小我就和他黏在一起，没有一天不和他共进晚餐。我们一起去书房学习，听他讲都开了什么会，去了哪些地方，在贝鲁特、开罗和大马士革都见了什么朋友，或时不时递来一本书，说：

---

① 此处指位于埃及首都开罗市中心的解放广场，它比邻尼罗河畔，是埃及第一广场。——译者注

“这本小说很精彩。”

但究竟是什么让父亲变成了现在的模样？

“人民终于要行动起来了！”

他总是重复着这句话。有一天，我对他说：

“穆斯林党派已经一跃进入权力的中心。”

这句话好像戳到了父亲的痛处，瞬间让他陷入沉默，过了许久才缓缓开口说：

“他们窃取了胜利的果实……”

片刻之后，他有些悲伤地说：

“人民会揭开他们的真面目，不会太久的，但是……”

他没有继续说下去，似乎不敢预言那个可怕的结果。我一直在等他把话说完，但是过了很久他才看向一旁说：

“但是……这将付出非常惨重的代价。”

在长达一年多的时间里，父亲夜以继日地守在电视机前，关注着阿拉伯世界的局势变化。可是渐渐地，他开始疏远这一切，逃离了我已经习惯的他的生活状态。

我们在电视机前的谈话越来越冷淡……可父亲很快适应了自己独处的生活，常常一个人在书房里阅读和写作。有一天晚上，他正在书房拿着一本书，沉浸在孤单和沉默之中，我走进去，可他连看都没看我一眼就直接说：

“我想一个人待着。”他的状态令我震惊。

他究竟是怎么了，是什么激起了他的热情？是什么打碎了他的梦想？又是什么将他抛进了孤独的深渊？

我不断追问他：

“你怎么了?”

“没事。”

我看着他，但他灰色悲伤的眼睛明显在躲闪我的目光，他用微弱而伤感的语气说：

“我们已经陷入了黑暗。”

我想追问他口中的“我们”究竟指的是谁，但他没有回答，脸上写满了失望，然后说：

“阿拉伯国家必将陷入混乱，未来的日子必将被暴力和鲜血充斥。”

阿拉伯国家混乱的局势使父亲好像变了个人：随着上万人的死亡，穆斯林党派相继在各个国家执掌政权，他不再难过，却也不再高谈阔论，而是陷入岩石般冰冷的沉默之中……他开始疏远我和母亲，不再出门参加朋友的诗会，连上门拜访他的友人也变得越来越少，只有塔里布叔叔偶尔会来，送给他一些小说或是国家文化、艺术与文学委员会出版的“知识世界”系列丛书……就这样，他顽固地一个人待在书房，用读书和写作麻痹心中的失望和痛苦。

在我们的最后一次谈话中，他满含悲伤地对我说：

“梦想变得越来越遥远了!”

命运的安排总是让人始料不及，看着痛苦孤独的父亲，我的心已无暇他顾。我不再联系马沙里，心里也不再想着去找他。马沙里误以为我不再想着与他结婚之事，甚至对他已经开始厌倦，连忙一次又一次地向我表白：

“我爱你!”

“我会处理好家事，然后和你结婚。”

他向我做出承诺，却一直在回避“离婚”二字，我本想告诉他，我现在的苦闷与我们之间的感情、我们的婚事都无关系，是缘于我不忍心看到父亲如此沉默、孤独和绝望！可是这所有的一切都随着母亲那声撕心裂肺的哭喊而灰飞烟灭：

“杰米莱她爸！”

* * *

我不知道这些记忆为什么会在今天早晨一并浮现出来，也许是在与过去的日子道别，也许是在开启我婚后的新生活……昨晚我还一直想，今早将会是我生命中最美丽的一个早晨！可是当我在床榻上睁开眼睛之时，到来的却是一串串让人恐惧的疑问。

在我与好朋友聊天时，她们没有一个不抱怨自己丈夫的！我开始意识到，女孩们轻而易举地就被她们心仪之人推开了心门，她们渴望与另一个灵魂共同生活，远离心中的孤独寂寞，她们向往婚姻，苦苦追求稳定的情感和自身的价值！可一切总是事与愿违，她们很快就会陷入婚后生活的旋涡之中。

前些日子我去塔里布叔叔家串门，他不在家，于是我就和他的小女儿法蒂娅玩了一会儿，然后在客厅和他爱人夏尔格阿姨一起聊了起来：

“我真的太累了！”

我向她抱怨自己已经失去耐心了。她看着我，平静地听我继续说：

“我真的不知道该怎么结束我和马沙里的关系。”

我能看出她也很困惑，似乎也有难言之隐。

我给她讲周围朋友婚后的遭遇，并告诉她我对未来生活也没有把握。之后，她无奈地叹了口气：

“其实，我也看不惯塔里布啊。”

我愣了几秒，以为她只是想安慰我，但是她语气里竟也充满了无奈：

“我很少与他坐在一起交流，他天天除了读书就是写作。”

“这几年他脾气愈发古怪，一点点小事就能惹得他生气进而大吼大叫！”

我注意到她向我抱怨她的丈夫时，脸上笼罩着痛苦的阴霾：

“他不允许家里有任何响动，因此我们全家人都生活在一片沉默之中……”

她突然停住，眼里噙满泪水，愈加激动地说：

“尤其是在创作新小说的时候，他的神经就愈发敏感。”

*　　*　　*

平生以来，我从未和任何男人扯上关系，而今天却把一切都给了你——马沙里！

我想起了那次对话，你第一次约我见面时的对话……

在科威特，姑娘和小伙儿、女人和男人是不能在公共场所出双入对的。没有女孩会和另一个男孩在大庭广众之下喝咖啡，没有人会拿自己和家人的名声当儿戏！

当时我对你说：

“你来选地方吧。”

我的回答让你始料未及。

你的沉默让我很不开心，于是继续问道：

“你准备在哪儿约我见面啊？”

“还是你说吧。”

“随便选个公共场所就行呗。”

我故意把话说给你，而电话那头的你没有说话。你是一位已婚的公众人物，十分看重自己的声誉和家庭的稳定，所以我知道你是绝对不敢和其他女人在大庭广众之下约会的！

几秒钟后，电话中传来你充满磁性的声音：

“要不我们在我的游艇上见面吧。”

"不！在商场或者任何公共场所都行。"我坚持道。

你连忙说：

"游艇上更私密一些。"

我毫不留情地回应说：

"是对你来说更保密些吧。"

"我是不会到你的游艇上去的，也不会和你在什么私人公寓或出租屋里见面。"

"那你是不想见我了吗？"

"你说对了！"

我大声挂掉了电话！

* * *

还记得高中三年级的一个晚上，我第一次同男生打电话聊天。但几次通话过后，我发现他的话题绕来绕去，总离不开"性"。为了断了他的念想，我要求他读完陀思妥耶夫斯基的任何一部小说之后再打电话给我，之后便再也没有他的电话打来……大学一年级时，我认识了一个叫艾斯阿德的男同学，他是一个温文尔雅的青年。整整一个学期，他上课时都坐在我的身后，就为了偷偷轻嗅我衣衫的暗香，有时还会偷偷看我一眼，可又怕别人察觉到。一次，我问他：

“你为什么不敢看我的脸?”

他立时神情大变，支支吾吾地不知道说什么好。

“你喜欢我，对吗?”

一句话吓得他马上落荒而逃，就好像我是一个大男人，而他是一个被追求的天真纯洁的女孩……或许正是因为我的自信和大胆，也或许因为我的外貌、身材、衣着打扮和耿直的说话方式，有的时候连我的朋友都有些受不了，可我只是说了我想说的而已!

我很久都没吸烟了。今天是结婚的大喜之日，早咖啡前我特别想抽支烟……我的烟龄大约有十五年，在高中二年级时，我只有十六岁，就和一个女孩在卫生间里第一次品尝了吞云吐雾的滋味。

可没过几天，我就被一个女生叫进了老师办公室，老师大声斥责道:

“你居然在卫生间里抽烟!”

她那犀利的目光和高八度的声调里充满了怒气。

“那还不是因为学校不让在操场上抽。”我安静地说。

她满脸惊诧地怒吼:

“你还是个女孩子吗?”

我毫无所谓地站在那儿，老师坐在办公桌后，大声说:

“我们会联系你家长的。”

“好的，我爸经常和我一块儿抽烟。”

我也不知道自己怎么会说出这句话——她瞬间火冒三丈，疯了似地把手伸进我的口袋检查了一番，然后把我轰出了办公室……第二天，我在学校教导主任那里签了一份戒烟保证书，承诺一旦违反就自行退学回家。

高三那年，我因和数学老师阿布莱·苏海尔打架被勒令停课一周……从第一堂课我第一眼看见她开始，就不喜欢她，当然她看我也一直不顺眼。这个世界上，爱往往总是相似的，而恨却各有各的不同！渐渐地，我俩各自心中对对方的恨意就像小山一样越堆越高：每次上课时，她专挑难题让我回答，而且就算我答对了，她还是一脸不屑。她总是以一种居高临下的目光监视我的一举一动，只要有机会就会想方设法刁难我。

那件事，我一辈子都不会忘记。那天第一节课正好是数学课，早间升旗仪式后，阿布莱·苏海尔老师带着大家排队进教室，然后我们把本子打开等待检查作业。按照惯例，她要从我开始检查作业。她站在我旁边问：

"作业呢?"

我把本子递给她，然后坐回自己的位子，心里掠过一丝不祥的预感。

"站起来!"

接着她嘴里嘟囔了一句我没听清楚的话，可是我的屁股好像粘在了凳子上。

"没听见吗？我让你站起来!"

"真没教养!"

我没料到的是，她突然把作业本朝我脸上扔过来，问道：

“其余的作业呢?”

“这就是所有的。”

“不对!”

她怒吼着，可我依然坐在那儿没动，就那么看着她。她伸出一只手抓住我的肩膀，边晃边吼：

“站起来!!”

我恨透了这种无视，一把将她的手从我肩膀上甩开：

“禽兽!”

她抬手打了我一巴掌！一时间，我感觉两眼冒金星，也不知道自己为什么会还手，只觉得那一刻只想发泄心中的怒火，便不顾一切地冲过去，双手抓住她的头将她按倒在地上，然后死死地坐在她身上，用指甲狠狠抓破她的脸颊，我气得咬牙切齿。可能是因为听到了她的喊声，一些女老师慌忙跑进教室把我从她身上拉开。从那天开始，学校里所有人都管我叫“母老虎”。

命运的安排总是那么出人意料！我做事一向光明坦荡，却会在最后接受你的隐婚要求!

或许这正是令我恐惧的原因。就在今天，我要去做一个不知会把我推向何处的决定!

我从没想过自己有一天会屈从于一个男人的意愿，成为他第二位妻子！而在此之前，如果有算命先生告诉我：你将会嫁给一个已婚男人，他不但有妻室还有三个孩子，我肯定会狂笑不止。

没有答案的问题又萦绕在我的脑海中：究竟是什么让

我心甘情愿嫁给马沙里……

还记得和母亲的最后一次争吵，当时她愤怒地大吼：

“科威特的男人都死绝了吗？”

她的话已然让我很是难堪，但她还要补上一刀：

“一个逊尼派，还有三个孩子！”

“你居然能接受这样的男人！”

母亲尖锐的斥责让我无地自容，但我还是没有告诉她，我从未像爱马沙里那样爱过其他男人，是爱征服了我们彼此的灵魂。为了爱，我愿赴汤蹈火，在所不惜！

马沙里，爱，是这世上永恒的谜，我们就像被催眠一般追随着它的幻影！我不知道为什么会爱上你，也不知道这颗心为什么会如此牵挂你！

你知道吗，我永远都不会忘记那个晚上，我们把车停在舒威赫区的海边，一起坐在车里聊天。这时，不知从哪儿冒出一辆警车，停在了我的车旁，从上边下来一个警察，他敲了敲我车窗的玻璃。

我心里顿时慌了……

你立刻摇下车窗大声问：

“有什么事？”

“这位女士是谁？”

对方没有回答，而是用挑衅的口吻问道。

你并没理会他，而是直接把窗子摇上，几乎是用命令的语气对我说：

“我下去，你开车先走！”

然后，你愤怒地推开车门。隔着车窗，我听到你朝他怒吼……或许这对你来说根本不算什么，可每次我想起那一刻心里都会涌起一股暖流，觉得自己的心离你又近了一步。

马沙里，我亲爱的，无论何时何地女人都会渴望拥有一个能站出来保护自己的人。

马沙里，如果一切按计划进行，那么明天的这时候我将不会在这里了，应该已经和你一起在马尔代夫喝咖啡、吃早餐了……可是现在的我为何仍是如此忧心忡忡呢？

最让我伤心的是，你变了……你曾经爱得那么疯狂，那么勇敢，可是在我看来，这一切都在咱们结婚之前慢慢消逝了！

*　　*　　*

有一天，我实在无法拒绝你的邀请，终于来到你的游艇。当时海面上澄澈透明，风平浪静，我穿上救生衣，建议你也穿上，可你却满不在乎。

“那我下船了。”

听我这么说，你赶忙把救生衣穿上，却违背了不出海的承诺——启动了游艇。我提醒你：

“我们说好了的，只在岸边转一转，然后就一起去吃午饭。”

游艇刚一启动，你就露出令我不安的神情！随着游艇行驶，映入眼帘的一面是萨里米亚区的高楼大厦，另一面是闪烁着渐变蓝色光芒的科威特三塔。时间已经接近下午两点钟，面前的大海就像一面闪动着蓝、灰、绿三种颜色的镜子……你抛出了锚，随后打开午餐袋。但是盖过饭菜的香味，我却闻到了一股欲望的味道。

你凑过来，黏在我身边吻我。可我却早已决定不会让你冒犯一分一毫：

“我们吃午饭吧！”

早已没心思吃饭的你，也忘记了对我的承诺：在我还没有准备好之前，你不能对我有非分之想！

于是，我站得离你远远的，指着你说：

“我们回去吧。”

可你却以为我这么说是在示弱，或者说是某种意义上的矜持，于是你走过来，伸手想将我揽入怀中。

我大叫了一声：

“够了！”

或许由于我近乎疯狂的叫声，也或许因为我愤怒的目光，你瞬间变得胆怯。

“我就不该相信你！”

我非常生气地吼道：

“回去！”

你尴尬地起锚回程，而我一直坐在离你很远的地方。

船靠岸那一刻，我心中的慌乱才慢慢平息，于是迅速跑下船去。

这时，身后传来了你的声音：

“一起吃个午饭吧。”

我连头都没回，大声地说：

“你自己吃吧！”

七

在这里——我的办公室，婉转的旋律渗透到我灵魂深处，马哈茂德的歌声再一次在我耳畔响起：

你的脸颊熠熠生辉，眼睛犹如精美的罗盘。

我的眼前浮现出姑娘们动人的舞姿：她们身穿镶嵌金边的黑舞裙，娇羞地露出面纱后的脸庞，在舞台上迈着轻盈的步伐，摇曳着曼妙的身姿……一个问题在我的脑海里闪现：究竟是何种难以言说的情感，才只能用身体的语言来表达？又是何种强烈的呼唤，才能在迸发的瞬间偷走人们的心灵？那位诗人想一睹心上人明亮的双眸、光滑的面颊，融化在她脉脉含情的目光之中，缠绵悱恻的旋律表达着追求者的哀婉：

请揭开你的面纱，让我对你倾诉衷肠……

在办公室这样一座牢笼之中，我感到脊背阵阵疼痛，左腿酸麻。我忍着痛站起身来，在屋子里来回踱步。

很多时候我都能感觉自己的灵魂在渴求一些我琢磨不透的东西。这种欲望越是强烈，孤独就越像荆棘一样在我的心头蔓延开来。

这两年里，孤独渐渐信任了我，放心地让我揭开它黑色的面纱，露出它的脸颊；我也与之为友，时而敞开心扉，尽情向它倾诉衷肠。

为了集中精力专心写作，2008年末，我辞去了国家文化、艺术与文学委员会文化与艺术处主任的职务，重返工程管理处做一名工程师。虽然我仍在该机构挂名，却从此远离了政府机关单位的聚光灯，也远离了往日的同僚……此后，那些曾经因为我的职位跟我走得很近、对我格外尊敬的人也慢慢变了，直至平时遇见时只是简单地打声招呼而已。

这事儿让我深思：为什么有些人总是因为你的个人地位而接近你，却并不在意你的声望和德行？于是，我在体会了令人失望的人情世故之后，干脆和一些国内外的熟人断了往来！

作为一个过客，在我来到这间办公室之时，孤独也如影随形，逐我而至，落在了那盏茶杯旁……

早上七点半，我走进办公室，与四周的寂静相对而视，在办公桌前坐定，便顺手打开那台从1982年起就一直伴着我的录音机，它会播放出悠扬动听的清晨之音。

我的一天从查看电子邮件开始，然后浏览脸书和推特的主页，再看一下文化中心座谈会的事项安排（我创立这个机构纯属自娱自乐。通常，在每周日晚或其他时间，我会邀请一些作家、艺术家朋友到家里座谈交流）。在这之后，我开始大约三个小时的专心写作，直至饥肠辘辘，才想起妻子为我准备的三明治——每天早晨她总会把备好的食物塞进我的包里，然后我就会飞也似地跑向办公室，去享受写作带给我的快乐，一直到下午一点半，我一天的工作才算告一段落。

在这里——我的办公室，除了腰椎间盘阵痛、孤独和寂寞，就只剩下我……日复一日之间，我学会了在数小时的写作中忘却时间的存在，学会了与寂寞攀谈，不断对新作品修修改改，反复斟酌。

生命中的每一天都不尽相同，只是日子都穿上了时间的外衣，沿着各自的轨迹一去不复返。我记得曾经在推特上写过一句话："时光从我们的生命中抽走了它的那一份，然后头也不回地离去！"我感到自己的灵魂仿佛让惶恐的黑云笼罩着，在这间囚室里，我独自躲进虚拟的网络世界，有时在优兔（You Tube）网站上欣赏纪录片，有时则在文学批评、诗歌和音乐的瀚海中畅游。

办公室的电话铃声猛地将我拉回现实，在此之前已经有四个未接来电了，分别是妻子夏尔格、大女儿法拉赫、好友阿卜杜·阿齐兹和小女儿法蒂娅打来的，小女儿总是会跟我提出各种各样的要求。但这次铃声响起的瞬间，我猜应该是夏尔格打来的。

"喂?"

"早上好!"

考姗儿声音的辨识度很高，因为吸烟，她的声音略显沙哑。

"您愿意见我和马沙里吗?"

她的话让我心头一惊，想起了她的父亲，我便立刻答道：

"当然，随时欢迎。"

"那半个小时后我们会到您那儿。"

她提出跟马沙里一起来见我，这个请求实在让我为难，我只知道他是个大人物，在报纸上见过他的照片，可是从未见过他本人，更没有跟他坐在一起聊过天。我无法预见这次见面的情景，于是匆匆给正在撰写的小说段落画上了句号。

八

"那么，我将开启……"

钟表的指针闪动，时间来到早晨六点十五分。你注视着表上的时间，好像在提醒自己，一天才刚刚开始。家中的菲律宾女佣还睡着，再过一会儿她就会起床去准备早咖啡。

是父亲让你养成了喝早咖啡的习惯，在达斯马区的家中，他总是早早起来，坐在他的专属座位上读报纸，并愉悦地享受一杯自己亲手冲泡的咖啡，之后才出门上班。

他总是微笑着对母亲说：

"我对自己泡的咖啡可是最熟悉的。"

他还每次都对她重复那句话：

"诗人马哈茂德·达尔维什就写过一首有关咖啡的诗。"

搬到这里的第一天晚上，你有些伤感地指着面朝大海的地方对女佣说：

"以后每天就把早咖啡端到这儿吧。"

或许，马沙里不会允许女佣进入你们俩的房间。

房子的每个角落都会散发出主人的气息，马沙里搬过来和你一起住之后，又会在你这幢房子里留下怎样的灵魂印迹呢？你时常想象你们两人一起坐在客厅里看电影，或者一起在家中待客的场景。每每想到这里，你的心中就溢满欣喜之情。可是，他会把你们结婚的消息告诉他的朋友吗？他会在这里与你一起招待客人吗？这里是否仅仅是他逃避妻子和繁重工作的避难所？

从清晨睁眼开始，恐惧如黑色荆棘般一直缠绕在你心间……你回想起与马沙里爱情故事的点点滴滴，对夹杂着希望与惶恐的未来生活感到惴惴不安。或许，这是最后一个噩梦般的清晨了吧……孤独与寂静从房间的四壁袭来，远处似乎满是未知的恐惧，只有大海依旧敞开它宽广的怀抱，在窗帘之后期盼着你对它一往如常的问候。

九

脆弱的灵魂啊，在伤心时总是难以独自承担，在快乐时却也难以独自享受。我们总是需要有人陪在我们身边……直到最近，我好像才明白“圆满”的真正含义，那就是生命中最美好的时刻，要有所爱之人的祝福！欢乐的场合之所以快乐，是因为有人和我们分享，而在今天——我结婚的大喜之日，身边竟然没有一个人为我兴奋地起舞，献上祝福之吻！

我的四个姐姐都结婚了。我记得她们的大婚之日来临的时候，母亲总是一脸欢喜地忙前忙后，家中热闹非常，满是欢声笑语。姑妈、姨妈和母亲的好友们都会前来祝贺，和母亲一起布置婚礼现场。按照习俗，她们在瓷盘里放上糖果，盘子正中摆放毕生信奉的经典——《古兰经》；旁边摆上一面明亮的镜子，寓意趋利避害，期盼生活美满；镜子旁边放一个鱼缸，里面游动着一条金鱼，寓意生活富足。而今天，我既不会享受到用玫瑰水泡脚，也不会收到亲友的礼金，更不会有人将鲜花瓣抛洒在我头上，为我献上美好的祝福。

今天，我将一个人走出家门，独自和马沙里走在司法处[1]狭窄的过道上，然后站在法官面前说出那句话——我愿意嫁给他，并拿到那一纸法定的婚书。

昨天，马沙里问我：

“你想要点什么聘礼呢?”

我望着他，不知道为什么脑海中突然浮现出父亲的面孔，一时间陷入慌乱，便说：

“我没什么想要的。”

可我又觉得似乎少了点什么，随即明白：

“戒指!”

每个女孩在结婚那一刻都会无比幸福，溢美之词不绝于耳，那场面应该是如梦如幻：

“好美啊!”

“天哪，姑娘长大啦!”

“新娘子!”

母亲原本以为我会在姐姐苏莱娅前面出嫁，因为一直有不少人前来求亲，但是都被我拒绝了。

每次我都会对父亲说：

“别逼我结婚!”

我很享受父亲向我投来的慈爱目光，他总是低声在我耳边说：

“由你自己做主去挑选吧。”

---

① 司法处是科威特司法部下属的法律分支机构，位于科威特城的中心地带，科威特人在这里登记结婚。——译者注

然后，他对旁边一脸不悦的母亲说：

“我们不能逼她嫁给她不爱的人。”

父亲，你的确没有逼我嫁给不爱之人，可你也没有允许我嫁给所爱之人！

不知从何时起，对婚姻的恐惧开始笼罩我……依稀记得在青春懵懂的年纪，我曾经赤身裸体地站在浴室的大镜子前，仔细观察身体的每一寸肌肤，仿佛总有个声音在问我：

“你会在怎样的一个男人面前展露你的身体呢？”

随着年龄的增长，那种涌动的好奇感渐渐淡去，最后沉淀成了心中的宁静。就算在今天结婚之后，我也不认为自己会赤身裸体地站在马沙里面前。

还记得我们发生关系的第一周，你抛出过这样一句话：

“你比我想象的还要美！”

我没说话，只听你继续说道：

“过去一整年的时间里，你跟我打交道都那么正式，我还以为你特别严肃呢。”

你微笑着说：

“我还一直以为你会戴着头巾呢。”

顿了几秒，你又说：

“但我并不认为你是个不可征服的女人！”

这句话让我心生不悦：

“我不喜欢听你这么说！”

*　　*　　*

现在我不禁心跳加速，幻想今天下午我们手挽手走在“avenues”商场里的情景……我多么希望能和你光明正大地去任何一家餐厅共进午餐，让我的姐姐们、朋友们和我熟悉的人们看到。我甚至想在今晚出发去马尔代夫前，让所有的科威特人为我见证这个时刻！

从清晨睁眼开始我就被抛弃在这里，一个人与孤独和寂寞为伴。不知道为什么，令人恐惧的问题没完没了，一股隐隐的痛楚也萦绕在我心头，挥之不去！

我接触马沙里并不是出于物质原因，可是他频繁的短信和电话以及锲而不舍的追求常常让我陷入深思：

“你想从我这儿得到什么？”

在一次夜晚谈话中，我问了他这个问题。他反问道：

“你认为呢？”

“你是个有家室的人……”

“天知道婚姻是什么样的。”

他打断了我的话，语气里满是不悦：

“你知道，我是因为爱你。”

我笑了笑，笑中夹杂着对他的怀疑，觉得自己在这个已婚男人身上付出太多的感情了。

“真的，我爱你！”

*　　*　　*

我选择了马沙里，选择了这个陪我度过生命中无数美好瞬间的男人……恋爱三年后，我愈发确定他爱我，他也准备与妻子离婚，然后和我生活在一起，那一纸婚书就是对我们彼此关系的一种承认。

今天，没有任何亲人的陪伴，没有洁白的婚纱，没有兴奋的尖叫，没有载歌载舞、热闹非凡的婚礼，更没有坐在堆满玫瑰的新人专座上和马沙里一起拍摄的结婚纪念照片……马沙里，如果我跟你说，这一切我都不在乎，那简直是在欺骗自己！我唯一能做的只是买几束玫瑰花装点我们的家，预约摄影师下午来家里简单地拍些纪念照片！

我从没想过自己会在乎这些，以前我一直觉得无足轻重的那些事，居然现在会让我心底激起如此大的波澜！马沙里，我的爱人，我们的灵魂就像被刺入了一把尖刀，早已痛得失去意识！结婚之日对任何一个女孩或女人来说，都是生命中最特殊、最重要的一天，可你昨天竟然说：

“我们安安静静地把婚结了吧。”

我真想拆穿你的说辞，把“安安静静”改成“躲躲藏藏”或是“偷偷摸摸”，只是不愿再次点燃我俩新的战火，就避而不说了。

我心中一直犹豫，要不要把结婚的事情告诉好友穆娜，上次见面时，我曾向她暗示过：

“我和马沙里要在一起了。”

她跳起来亲了我一下，这个动作和亲昵的表情都让我有些意外：

“我和爱人会为你们庆祝的。”

听到这句话，我的泪水夺眶而出，和她相拥在一起。

而同样是在几天前，当我把这个消息告诉夏尔格阿姨的时候，她却陷入了片刻的沉默，目光里隐藏着一种难以言表的情绪。我期待她能说点什么，可只见她双眼含泪，然后献上动情的祝福：

“愿真主保佑你们一切圆满！”

随后，她露出了平静的微笑，语调也恢复了正常：

“我送你的结婚礼物一定与众不同。”

* * *

如果不是你提议，我甚至觉得这次蜜月旅行对我来说也没那么重要了，我还依稀记得你说话时脸上掠过的一丝笑意：

“我们会以夫妻的身份去更深入地了解彼此。”

一年前，我们第一次去旅行，就是那次旅行让我决定嫁给你。当时，你跟我确认过无数遍：我们的婚期会比预想的更近！

那时，你曾向我表露心中的渴望：

“你就是我此生的女人。”

你不止一次向我发誓：

“我是你的，我会和她分开的。”

后来，我听说你要去伦敦出差，便萌生了与你一同前往的想法。于是，在一家人用过晚饭后，我当着母亲的面对父亲说：

“我要去伦敦参加一个培训会。”

这并不是我第一次独自出远门。

“去几天？”父亲问我。

“一个星期。”

“或许我能和你一块儿去。”

我心头一惊，却掩饰起心中的恐惧，故作兴奋地说：

“太好了，爸爸要和我一起去伦敦了！”

可他接着又说：

“还不确定呢。”

母亲立刻插话说：

“他才不可能去呢，他哪舍得离开自己的‘牢笼’啊。”

她说的“牢笼”就是父亲的书房。父亲摇摇头，苦笑着说：

“我在自己的‘牢笼’里觉得很自在啊。”

之后，他转过身对我说：

“一路平安！”

我告诉你，我在航空公司有熟人，可以帮你预订机票和酒店，你同意了。于是，我便为你安排好了一切，在你毫不知情的情况下，为自己安排了和你一样的行程，还故意预订了两间彼此相邻的房间。可就在飞机起飞前几分钟，当我进入机舱坐在你旁边的时候，你的眼神出卖了内心的惊慌。

“早上好，亲爱的！”我略带坏笑地跟你问好。

这个突然袭击让你的脸色一下子阴沉下来，我的情绪也随即跌落到谷底。

我本以为你会很开心，会在六个小时的旅程中跟我说一路悄悄话。可还没等飞机进入到平稳飞行的状态，你就带着歉意说：

“我昨晚一夜没睡。”

然后，你抓起我的手吻了一下，就把座椅放倒，盖上被子，背对着我不再言语。我失望极了，心里对自己说：“有些事，结局是早已注定的。”

身处异乡会让我们如释重负，轻松地带着甜言蜜语一起飞行。或许是因为那个地方，或许是因为当时的天气，又或许是因为那种摆脱束缚的自由感觉，当飞机降落在希思罗机场的那一刻，我有了一种放飞自我的感觉！

我拉着你的手一起走下飞机，却察觉你面露尴尬，好像生怕有熟人看到我挽着你的胳膊。可当时的我像着了魔一般，只想和你一起生活、散步，感受你的言语、微笑、气息和眼神，轻嗅你身上的味道，走遍你灵魂的每一个角落。爱情就是和日思夜想的人在生命的小路上一起徜徉……

伦敦当时正值冬季，天气格外寒冷，灰色的云层压得很低，天空和地面仿佛很近。一走出机场，我就看见一辆崭新的奔驰轿车等在那里。一位身着正装的老司机立刻上前和你打招呼，他的口音让我想起了20世纪60年代的埃及电影：

"感赞真主让你们平安抵达!"

见我挽着你的胳膊，他虽然有些诧异，却依旧保持微笑地说：

"您好，女士!"

他为我打开车门，然后又小跑到车的另一边为你开门。我坐在你身边，想到他或许为你的多位女友服务过，心中五味杂陈……这个男人已经和我相恋三年，每次都许诺与我结婚，但直到现在我都没有看到他的行动，而我却依然对他如此牵挂，还跟他一起来到了伦敦!

你把我送到酒店，吻了我一下说：

"晚上六点来接你。"

还不到六点，我就已经坐在酒店大堂里等你了，悸动的心雀跃不已。你进来时，神色却与之前大不相同，我让你坐下，你却说：

"别把时间浪费在这儿了。"

夜幕已经降临，那辆黑色的奔驰正在外面等候我们。我们一上车，车子便开动了，你面带微笑说：

“这次旅行注定不同凡响。”

“为什么？”我看向你问道。

“因为你和我在一起啊。”

你把我带到骑士桥[1]街附近的一个小酒吧里，自己点了杯啤酒，然后示意我点餐。我微笑着说：

“和你一样。”

你跟我说你特别喜欢伦敦，想一直待在这里。可当我问你都常去哪些地方时，你竟一时语塞。

你一直讲着自己的故事，我从手包里掏出两张票，朝你挥了挥说：

“一起去剧院吧。”

你顿时面露慌张之色，我赶忙解释道：

“我每次和父亲来伦敦都要看几场戏剧。”

“我在网上订了好几场的票呢。”

你一脸诧异地看着我：

“难道我们今晚就去看《歌剧魅影》[2]？”

我站起身，拉过你的手：

“走吧走吧。”

在剧场里，我沉浸于歌剧的世界中，当我情不自禁地

---

① 伦敦市中心西部的一条街道。——译者注

② 该剧改编自卡斯顿·勒胡所著法国小说《歌剧魅影》，是伦敦久演不衰的名剧。——译者注

抓紧你的手时，却发现你似乎心不在焉。看完演出，我有些饿了，于是拉着你走进路过的第一家披萨店。

之后，我还是这样黏着你。上了我们的汽车，你对司机说道：

“去这位女士的酒店。”

我的心瞬间一颤，仿佛被这句话“电”到了。到达酒店时，司机赶忙上前为我开门，你也从车上下来走到我身边，说：

“我送你去房间吧。”

从上电梯时起，你的眼神就开始变得奇怪。走到房间门口后，你靠近我，亲吻我，低声在我耳边说：

“我可以进你房间坐一会儿吗？”

房门打开，我有些无措，不知该说些什么，坐在椅子上的你也不言不语，两人沉默良久。为了打破尴尬的气氛，我有点儿语无伦次地问：

“我的房间比你的好吗？”

你微笑着说：

“你才是最好的。”

接着，你起身把我拥入怀中，在穿透灵魂的温存中深情地吻我。那一刻，我在渴望与闪躲中犹豫踟蹰。

“我们可以在伦敦结婚。”

我看着你，不禁心跳加速。你继续补充道：

“你是我一生的挚爱。”

然后，你再次献上甜蜜的拥吻，我瞬间融化在你的掌心之中。

此时，你躺在我身旁，我思绪万千……一个女孩儿多年来守身如玉，悉心护卫自己的身体，只为等待那个摘下珍贵果实的男人到来。我珍视自己身体的每一个细微之处，无比在乎它的美丽，我的内心要做怎样的挣扎才会在最后把它献给心中挚爱——那个将成为我丈夫的男人，我多么想把那一刻发生的所有美好事情都记录在脑海之中……

你和我说着悄悄话，然后侧过身吻了我。刹那间，我的内心充满了兴奋、渴望还有惶恐，身体的每一个毛孔都燃烧着欲望的火焰。正当我迷乱在与你的温存里无法自拔时，你却提出了一个令我瞬间暴怒的问题：

“你还是处女吗？”

这句话就像一把直插胸膛的尖刀，瞬间扑灭了我心中熊熊燃烧的欲火——你的话简直是在践踏我的自尊，我是一个保守的东方女人，定会把第一次献给自己的丈夫，而你的问题表明我在你心中的形象原来如此不堪！我伤心至极，一个人跑进洗手间，把门反锁上大哭起来，以发泄心中的愤懑和失望之情。你敲着门大喊：

“考姗儿！考姗儿！”

“我真的很抱歉！”

我并没有回应你。

我在洗手间里待了很久，打开门时，你已经走了。我瞬间感觉轻松了许多，心里也没那么难过了，脑袋一挨枕头就进入了梦乡。

*　　*　　*

当我再次听到敲门声时，已经是第二天清晨了。你捧着一束大到让我惊呆了的玫瑰花站在我面前：

“早上好啊，小懒虫！”

我的心立刻软了下来。你说：

“我在下面等你。”

还是那辆奔驰轿车，还是那位司机，把我们送到了维多利亚车站，你对我说：

“我们要去布莱顿。”

你的双眼恍若新生，我从中读到了爱、关切和接纳：

“坐火车大约一小时。”

我本以为你这么做是想补偿昨晚的过失，却发现你从身后拿出一个小公文包。于是我问：

“是去那儿开会吗？”

“对啊，就是开‘你’这场会啊。”

你大笑着回答我。

到达布莱顿的时候，只有雨来迎接我们。我们上了一辆出租车，司机按照你提供的地址前往马莎百货大楼。你在那儿购买了很多食物，我当时很奇怪你为什么买那么多，你回答说：

“我们要在这儿待两天。”

这句话着实出乎我的意料，因为我没有随身携带任何起居用品。你看出了我的心思，说：

“需要什么就直接买吧。”

我们居然要住在一起了！一种奇特而难以名状的感觉涌上心头。我买了牙刷、牙膏、梳子、止汗剂和两件内衣，然后又在睡衣货架前停住脚步，我特别喜欢那种纯棉质地的睡衣，不同款式的莫代尔睡衣让我挑花了眼。

随后，我们拎着买的东西离开，十分钟之后携手走进了一套干净整洁的临海公寓。

“这就是我家。”你说。

屋里墙壁上挂满了照片，有你妻子和孩子们的照片，有你身着学位服的毕业照，还有许多我不认识的人的照片。你打开柔和曼妙的音乐，我则仔细端详着那些照片，心想：今晚我们不可能再回到伦敦，也不可能再去剧院了，一时间我的思绪陷入了无尽的失望和惆怅之中……

就在这时，你穿着睡衣走了出来：

“你会做饭吗？”

我被这个问题问呆了，你跟我说：

“那今天就由我来做吧。”

我冲你笑了笑，然后站在窗前，可是你妻子犀利的目光仿佛从房间的每一个角落射过来，紧盯着我。我一直注视着大海与天空相接之处的那一抹灰色，心中默默地想：会有其他女人经常光顾这里吗？我换上睡衣，悄悄走进厨房，我偷偷观察着你。只见你娴熟地切着菜，精心地淘着米，把米放入沸水中，然后在锅底放上一些橄榄油和洋葱……你的厨艺很是不错，一招一式都有板有眼，可是一种奇怪的感觉却让我心生寒噤。那天，你做的那道蒸鱼饭，至今仍是我记忆里最美味的晚餐。

晚餐后，我们俩一起在厨房洗碗，我站在你身旁，心中突然浮想联翩：此时此刻，我居然和你独处一室。

想到穿着这样的居家服和你一起度过最美好的时刻，我突然有种想哭的冲动。我又马上想到，其实你妻子一直都在我们身边。我想象她突然闯进来，看到我穿着睡衣在你家的样子，我就有点慌乱，于是把你一个人丢在厨房，独自走到那间朝向灰色大海的客厅，一个人盯着远处，默默出神……我也不知道那香浓的睡意从何而来，只觉得自己眼皮发沉。恰好你从厨房走出来，看了我一眼，笑着说：

"瞌睡虫。"

你拉着我的手走进卧室，扶着我疲倦的身子躺下。一股摄人心魄的香味从枕畔飘来，我就像个孩子一样枕在你的臂弯里，那一刻我的身体和内心彻底放下了戒备……

你的妻子一直从镶着金框的照片里俯视这间卧室，俯视这张床上发生的一切，而我也仿佛听到了自己灵魂的第一次啜泣，身体里积压了三十年的血液仿佛都在一瞬间喷涌而出！

我们在布莱顿度过了三个最美好的夜晚，并不是因为我们在彼此的爱中融化，也不是因为我从你那里感受到了生命的悸动，更不是因为品尝了从未品尝过的幸福味道……只是因为在布莱顿冬天灰色的雨夜里，我与你心灵相惜，第一次体会到了女人爱上男人的心动感觉，享受了宁静而甜蜜的爱情时刻，我觉得你现在终于实实在在地存在于我的双眸、呼吸和手掌之中了……

第二个夜晚，你轻声对我说：

“我获得了新生。”

那气息就像爱的雨点倾洒而下，充满了相见恨晚的感觉：

“之前那么长时间你都去哪儿了？”

我朝你微笑，你继续说：

“我们再也不会分开，我一刻都离不开你。”

我品尝了你亲手烹饪的美味，我和你在一起无话不说，我从梦中醒来，安心地看着你在我身旁熟睡的样子……可冥冥之中总有一片阴云挥之不散，那就是挂满了墙壁和书架的你妻儿的照片。一个又一个问题不断在脑海中闪现，恍若带我坠入噩梦的深渊：我有权从他妻儿手中偷走他吗？究竟如何我才能忘却你的过去？我们真的永远都不会分开吗？这种激情到底能维持多久……还有一个问题更让我害怕，却在我心中越积越深：一个抛妻弃子之人，会一直爱我吗？

第三天晚上快八点的时候，我正准备和你一起出门，突然不由自主地抛出了一个令你尴尬异常的问题：

“你爱你的妻子吗？”

你像是被一束电流击中，脸色骤变。我不知道自己为什么会问出这句话，或许是因为我觉得这个男人不可能永远忠诚，毕竟他是另一个女人的丈夫；或许因为你的妻子始终如影随形，监视着我们的一举一动；又或许从看到你在厨房忙碌的第一眼，我就想问你：你也这样给你妻子做过饭吗？想到此刻她应该正在科威特带着三个孩子等你回家，而你却和另一个女人陷入疯狂的爱恋，我心中瞬间充满了罪恶感！

“你能不能不提那个女人！”

你瞬间怒不可遏。可是你提到她时，至少应该说出她的名字，或者称呼她为妻子。

“那为什么和我在一起？”

我问你，而你却沉默不语。

于是，我接着故意问道：

“她叫什么？”

“和你无关！”

你气得眼睛通红，冲我大吼：

“总这么喜怒无常，我还怎么和你一起生活啊？”

我的世界瞬间天塌地陷！我像着了魔一般，看都不看你就径直冲进卧室，像个疯子一样扯下睡衣，换好自己的衣服，然后万念俱灰地拎着包离开了那间公寓。你也在气头上，并没有阻拦，任由我扬长而去。路上那句伤人的话一直回响在我的耳边：“还怎么和你一起生活啊？”

在火车站，我咬紧双唇，把那件睡衣揉作一团，扔进垃圾箱。那时，哪怕有个人善意地让我到其他地方去坐坐，我也肯定会忍不住大哭。

母亲的话“科威特的男人都死绝了吗?”与你的那句“还怎么和你一起生活啊?”缠绕在一起。

那一刻，我真想用指甲划破自己的脸颊。我就不该和你在一起，我恨自己，我恨自己对你投怀送抱，既然第一次见面时就已然知晓一切，为什么我还要继续这个选择?

*　　*　　*

马沙里，我现在正躺在家中的床上，听到的只有自己的心跳和对未知的恐惧!

我们今天就要结婚了，可我却不知道如何摆脱心中的噩梦!

那天我回到伦敦入住的酒店，歇斯底里地大哭，之后愤恨地拿上行李匆匆离开，生怕你会一路找来，仿佛要将之前所有的一切都丢诸脑后。当你再次打电话给我的时候，我已经在希思罗机场转机了，心里对你无比厌烦，于是干脆直接把电话挂掉。

男女之间的差异竟是如此之大!你怎么能从心里把一个人随意抹去?女人如果心里接受和信任一个男人，并且得到他的承诺，就会把自己的身体交给他，也把所有的情感都放在他的手里；而男人却轻而易举地拿走了她的身体，拿走了她最为宝贵的东西。女人把性看作一段情感的开始，而男人却把它看成是个终结。

回到科威特的家里，父亲像往常一样看着我走进家门，平静地与我说话，可是他的眼神却让我害怕：

“感谢真主，你终于平安归来！”

然后他又说：

“你看起来有些不一样了。”

我赶紧掩饰起心中的恐惧，微笑着说：

“没什么啊，可能是旅途太累了。”

与此同时，我努力回忆着姐姐和我那些好朋友们婚后的变化，心中暗自忖度：是否能从女人的眼神、表情和步伐中，看出她经历的蜕变？

我提着行李上楼，走进自己房间，感觉一面无形的心墙已将我和父亲隔开。

* * *

数月以来，我注意到父亲渐渐地疏远他身边的一切，这种变化令我很是不安，像一块石头一样压在胸中，让我喘不过气来。

我的感觉很快得到了证实。一天晚上，母亲对我说：

“你的父亲今天想见一见你和姐姐们。”

我当时有点疑惑，每周四姐姐们都会带孩子来家里吃晚饭，一直待到半夜才离开。父亲也经常和我们共进晚餐，之后一个人去书房读书。

父亲手拿信封，面色憔悴地走进房间坐下，我不敢看他的眼睛。他坐定后，姐姐们立刻起身问好。然后，他打开信封，从里面取出一张纸，对母亲说：

“这是给你的。”

他递给母亲的是我们所在宅院——达斯马区公寓的房产证，然后依次把剩下的几张分给姐姐杰米莱、法蒂玛、宰娜白、苏莱娅和我。

“这些是土地使用许可证。”

父亲在苏拉南区买下了五块相邻的土地，每一块的面积都是五百平方米。

“我一直犹豫要不要给你们留现金，可又担心将来贬值。”

他沉默了几秒，说：

“我一直希望你们能比邻而居。”

我突然感到特别害怕，父亲的语气又虚弱又奇怪。我难以抑制地想哭，这种感觉几乎让我窒息。于是，我捂着脸跑回自己房间，为父亲的诀别而痛哭起来。

不到三个月之后的一天，随着母亲一声无助的呼唤，父亲离开了我们……我永远都不会忘记，那天下午差不多五点半，我正一个人待在房间，突然听到母亲声嘶力竭地大喊：

“孩子她爸！”

那绝望的叫声使人不寒而栗。我两腿发软、浑身颤抖，已经忘了自己如何来到母亲跟前。她几乎失去了意识，整个人痛苦地趴在父亲身上，亲吻他的手脚，嘴里不断念叨着：

“孩子她爸啊，我的爱人！”父亲已经僵直地躺在床上。

我的双脚仿佛被绑上了千斤巨石，一点也动弹不得。我和母亲四目相对，心如刀绞，几乎无法相信眼前这令人绝望的事实。我就这样一直呆在原地，不敢上前摸一下父亲。母亲继而大声说：

“你父亲他已经……”

她没有继续说下去，仿佛无法说出那两个字。

父亲就这样躺在床上安静地离去了。母亲说，那天午饭他没吃多少，饭后对母亲说：

“我去睡一会儿。”

他像往常一样上床休息。可是当母亲看完电视走进房间的时候，却发现他已全身冰凉。父亲的心脏为什么会突然停止了跳动？是因为我忤逆了他的想法，选择了一个错误的男人吗？是他无法承受阿拉伯世界现实的悲剧吗？是因为他的阿拉伯统一之梦彻底破灭了吗？究竟是什么让他如此绝望？这个男人终其一生都梦想阿拉伯国家的统一，却在失败的人民运动中彻底崩溃？那个梦真的让他万念俱灰了吗……而医生给出的死因是：

"心脏骤停。"

我永远都忘不了走进父亲房间的那一刻——他就平静地睡在那儿，脸上没有一丝痛苦的痕迹。是的，他就这样安详地进入了永远的梦乡。我几乎不敢靠近这个我生命中最亲近的人，只是静静地站在几步开外的地方注视着他，无法相信他真的已经离我而去了。那一刻，我就像个不愿吵醒他的孩子，呆呆地站在原地，任凭泪水带着所有回忆从颤抖的脸颊滑落，直到昏厥。后来，姐姐杰米莱伤心地坐在我床边，我才慢慢恢复了意识：

"考姗儿，我亲爱的……"

她本想安慰我，可事实上我们都需要别人来安慰。

接下来的两天，家中处理丧事，可我却一直神志模糊，对身边的人和事麻木至极，只记得女眷们纷纷前来跟我、母亲、姐姐们和姑姑们吊唁。我就一直这样沉默不语，直到第三天晚上，我姑妈的女儿郝莱的一番话才让我重新回到现实：

"你戴头巾[①]很好看。"

我看向她，试图理解她说这话的意思，她接着说：

"愿真主指引你。"

"也指引你。"

我回应了她，可她却紧接着说：

① 头巾不仅是穆斯林妇女的服饰之一，更是一种信仰的标志，表示对造物主的敬畏。考姗儿平时是不带头巾的。此处，表姐妹二人的对话均话里有话，甚至有指桑骂槐的含义。——译者注

“我本来就戴头巾。”

这句话仿佛在指责我的离经叛道，于是我立刻跳起来回应她：

“你还是那个我认识的郝莱，狗嘴里吐不出象牙！”

我的话几乎搅乱了当时现场的气氛……郝莱已经意识到，我还会继续揭她的老底，便赶忙起身说：“你的嘴简直像刀子一样！”然后，她便匆匆逃开了。

父亲去世后家里几乎全变了，一切都是那么冰冷而毫无生气。他活着的时候，我们两个人的心若即若离。与之相比更让我难受的是，在他去世之后，我却觉得他的灵魂一刻也没有离开过我！

最近两年的阿拉伯人民运动带给父亲希望的欢愉，却又很快让他跌入失望的深渊。他在自己的书房里，独自吞下心中的孤寂和苦楚：他曾不厌其烦地联系埃及、叙利亚和黎巴嫩的朋友们，以便了解他们的近况，但每次联系完，他的痛苦却又增加了几分，这使他离我们越来越远。在我第一次向他提出要跟马沙里结婚和想搬出去一个人住之后，他更与我渐渐疏远。但此刻他离去了，我却感到房间里的每个角落都是他的身影，在诉说那些难忘的美好记忆，以至于后来每次我路过书房、客厅，或者姐姐们带孩子周四回家小聚时，对我而言都成了一种折磨，我实在不知该如何面对这种痛苦！

我感觉父亲的眼睛一直从各个角落注视着我，还总能听到他用慈爱的声音呼唤我的名字，而我只能呆呆地站在原地环顾四周，去寻找他……我看着墙上的画，就能感觉到他在画的正中央注视着我；我走进书房，就能感觉到他一直站在我面前，好像一迈步就会跟他撞个正着！

我不知道死亡为什么突然降临到父亲的身上，或许是它看到父亲因为阿拉伯世界的混乱局面而病痛缠身的缘故吧。但母亲走出悲伤、恢复正常状态的速度简直令我无法理解，而姐姐们也只是难过了一段时间便一切如常，还是像从前一样每天谈论自己的老公和孩子。或许生命的车轮对生者而言永远不会停止转动，只是把逝者抛弃在死寂的坟墓之中。

只有我一个人失去了父亲！他一直在家里的每一个角落跟随着我，站在我走过的每一个地方，隐隐化作一个声音在我耳边呼唤着我的名字：考姗儿，考姗儿……马沙里，我只能求助你了。

渐渐地，我和你重归于好。父亲葬礼结束后，你第一次来办公室看望我，对我说：

“真主会加倍回赐你的。”

不知为什么，四目相对之时，我忍不住失声痛哭。是因为想念你吗？还是觉得你能抚平父亲去世的悲伤？第二次你来的时候，又对我说：

“真想随时来看你，但又担心会打扰你。”

这句话让我有了一个人出去单住的想法。每当我走进家门那一刻，父亲的耳语都如约而至，他的眼睛从房间的每个角落注视我，多少次我都差点被绊倒。一个问题一直困扰着我：他的灵魂为什么一直纠缠着我？是想把我留住，还是想把我赶走？

就在姐姐苏莱娅领着她的两个儿子、抱着小女儿离婚回家住的那天，我终于决定出去一个人住了。她的到来彻底让我和母亲疏远起来，我只要在家就独自待在房间。自从小时候那次坠海事件后，她就一直对我避而远之，我们很少坐在一起聊天。

我对母亲坦言：

“我准备自己买套房子。”

这句话让她有点猝不及防。

我斩钉截铁地对她说：

“父亲去世前已经同意了。”

“撒谎！你父亲根本没有同意！”

她冲我大吼。我口不择言，大声顶撞：

“父亲跟我说过：‘我死后你就自由了。’”

母亲断然拒绝道：

“你结婚吧，然后跟你丈夫一块儿走。”

“我要出去自己住！”

她顿时火冒三丈，直接大喊：

“你巴基尔叔叔知道怎么教训你。”

她的话激怒了我，我不假思索地回应道：

“现在，我自己的事儿自己说了算！”

搬出去一个人住，对我而言就是脱离苦海的救命稻草：不用再被父亲的灵魂困扰，不用再听母亲没完没了的羞辱和喊叫，也不必再和姐姐苏莱娅住在一个家里……我甚至觉得出去住才能让我过上纯粹的生活——我一个人的生活。我不会跟任何人诉苦，其他的人和事也与我无关，住在属于我自己的地方日子也会过得更舒坦。我在心里默默地说：我和母亲、姐姐们本来也没有什么交集，我们只是名义上的一家人！所有的一切只不过是人前的假象，仅此而已！就算她们和我意见相左或者断绝关系，那又能怎样？

我痛苦地对她喊道：

"我难道没有权利拥有一套属于自己的房子吗？"

母亲的声音早已盖过了我，她发狂地喊道：

"胡闹！胡闹！"

我拜托马沙里物色一套临海的新公寓，我跟他强调：

"要面朝大海，要向着太阳。"

他欣然应允，不到一周就带我看了好几套房子。在新宅的门卫们面前，我们如同夫妻一般同进同出。

最终，我选中了萨里米亚区一套宽敞的新房。它紧邻阿拉伯湾大街，卧室和客厅正对蔚蓝的大海，还有一间宽敞的餐厅和女佣休息间。从父亲那儿继承的钱足够买下这幢房子，所以我根本没动自己的银行存款，我也还没有在他给的那块地上盖房子的想法，说不定将来等地价涨了，我就把它卖了！

"成交！"

签合同办手续之前我就告诉马沙里，一切办完之后才能跟母亲说。当拿到房产证的那一刻，我脑海中最先想到的就是带走父亲那些珍贵的画和书房里的书，这样做了，我才觉得他会安心，我要把他热爱文学的灵魂也带进新家。

父亲，多希望您还健在，能来看看我的新房！我确信，您肯定会喜欢它的风格，和我坐在一起聊聊小说或者诗集，就像当初我们俩在你的书房一样！要是你知道马沙里对我的爱与依恋，您也肯定会喜欢上他。

没有您的生活是多么灰暗，我的父亲！

*　　*　　*

今天是我结婚的大喜日子，而我却从眼睛一睁开就一直躺在床上，心中翻腾着回忆与恐惧！

母亲知道我买房之意已决时，曾威胁我说：

“巴基尔叔叔会来好好管教你的。”

没过多久他就来了，冲我生气地大吼：

“你母亲说的是真的吗？”

我默不作声，只是看着他，于是他说：

“你要买房？”

“我父亲之前答应过我了。”

“可他已经去世了。”

“不，他一直和我在一起。”

他看着我，满是怀疑，就好像我所说的一切是多么的荒谬。我想跟他澄清：

“你要是不信，我就对你发誓。”

他听后，把话锋一转：

“体面人家的女孩离家单住是很不光彩的事。”

“你要是出去住，其他人会怎么说呀？”

他深知我的个性，也知道我嘴尖舌利，我能感觉到他对我的态度有所保留，可母亲偏偏在这时冲我大喊：

“你要是个男孩，我早就宰了你了。”

我径直起身，对她吼道：

“谁叫你生的好啊，我偏偏是个女孩！”

巴基尔叔叔大发雷霆：

“我们会杀了你的！”

我惊讶地盯着他，带着鄙夷的口吻问道：

“你们——都包括谁啊？”

“当然是全家！”

太多想说的话就挂在嘴边，可我只说了一句话：

“过段时间我就搬过去了。”

“你这是和全家作对！”

他再次愤怒地威胁道，眼神里充满了愤恨。我说道：

“我并没有做错什么，我将和男朋友结婚，然后生活在一起。”

“下流的逊尼派！”

他的话激怒了我，我真想甩给他几句狠话，却一张嘴只说了句：

“我爱他!”

我受够了他的羞辱，转身便走，只听见母亲在背后大喊：

“真主会把你带走!”

马沙里，我真的好怕，不知道我们这段婚姻将会把我带向何方。醒来，我就一直在想：要是这一切过去，你把我抛弃了该怎么办呢?

搬进新家的那一刻起，总有一种奇怪的感觉萦绕在心头：我买了一幢非常满意的房子，可是会有一个男人出现吗?他的气息、他的微笑、他的情绪，都与这幢房子完美地匹配，我会等到这样一个人的到来吗?我不禁悲从中来，只能悄悄对自己说：钱并不能带来想要的幸福!我转而又想：为什么没在马沙里结婚之前碰到他?这种悲伤很快就化作漆黑的绝望，压抑着我，让我根本无法呼吸!

十

或许因为在这里——我一个人所在的封闭办公室里，没有任何一种声响会打扰我在想象中天马行空地驰骋；或许是因为我喜欢的萨米利亚风格的音乐——它总能让我想起母亲和她的朋友，并把我的思绪带回到少年时代的卡迪比东区和布勒希里区；又或许还有另一个原因，那就是每次创作小说时，我都会打开这首歌，想象考姗儿身穿长裙窈窕的身姿，在歌声中轻盈婀娜地跳起萨米利亚之舞：

> 我说：跳起来吧，我的爱人。而她却说：我青春正好，要尝试爱情的游戏。

她甩动金色的头发，曼妙的身姿有节奏地舞动，在人群中光彩夺目，瞬间便俘虏了每一位男士的心！

在这个社会中，女性常常无法表达爱与痛的心声，所以每次纵情歌舞之时，她们都会用极尽摇摆的身姿来表达那些无法言说的情感。

尽管我背痛腿麻，却依然在电脑前敲击键盘，撰写小说的新章节。就在这时，办公室的门开了一个小缝儿，露出了考姗儿甜甜的笑脸：

“下午好！”

她推开门走进来，身穿彩色长裤和白色短款衬衫，一双会说话的眼睛清澈而明亮。她友好地和我握手，并行了贴面礼。我的脑海中浮现出曾经熟悉的画面：那时她常和父亲一起坐在书房，见我来做客时会赶忙起身问好：

“塔里布叔叔。”

我会把她搂过来行贴面礼，小声说：

“我们的小读者朋友！”

她刚进来，身穿长袍的马沙里也跟着走进来，他的相貌英气俊朗，略显拘谨地向我问候：

“下午好！”

我回应道：

“你好！”

他环顾四周每个角落，似乎觉得这间办公室格外简陋局促。

“你俩请坐。”

待他们坐定，我问道：

“喝咖啡还是茶？”

马沙里的目光和表情里似乎隐约藏着一丝不快。

“这是我男朋友。”

考姗儿介绍道：

“而且很快就是我的丈夫了。”

她露出纯真的微笑：

“是很快的。”

我看向马沙里，他马上说道：

“考姗儿特别喜欢您，也非常尊重您。”

“我也很喜欢她，她就像我女儿一样。”

“我必须介绍马沙里跟您认识一下。”

考姗儿接着说：

“您是爸爸最亲近的好友！”

随后，她笑着对马沙里说：

“你可得好好读读塔里布叔叔的小说。”

他点头回应：

“当然。”

我真想问问马沙里——他究竟有没有处理完与妻子的纠葛及离婚事宜。我实在无法想象，一个男人一边要娶他深爱的女孩，另一边却依然和另一个女人生活在一起！但是，这句话我并没说出口。

很显然，考姗儿已经被爱情冲昏了头脑……直觉告诉我，马沙里依然在左右逢源：一边维护着和妻儿的关系，一边又在和考姗儿谈情说爱。

“我今天过来就是跟您求娶考姗儿的！”

这句话让我打了一个寒战——虽然我是看着考姗儿长大的，但他于我用了“求娶”二字，还是出乎我的意料，让我一时间竟然愣在那儿不知如何应答。

“你应该跟她本人求婚。”我默默地看着她，也看着马沙里。须臾之间，房间里那熟悉的寂静又慢慢袭来，逐渐把我们笼罩。

我想转移一下话题，便问考姗儿：

“你把结婚的事儿告诉家里人了吗？”

她立即说：

“他们知道，也不知道。”

“可无论如何，马沙里都要过这一关。”

马沙里眉头紧锁，而考姗儿面露难色，犹豫地说：

“您是知道他们态度的……”

“那马沙里知道吗？”我问她。马沙里直接说：

“我知道的，考姗儿和我说过了。”

我觉得必须清楚地表明我的态度，于是我对他说：

“我赞成恋爱结婚，但我希望考姗儿是你生命中唯一的女人！”

“我爱她。”

这句话冷冰冰的，瞬间触动了我敏感的神经……沉默几秒后，我问道：

“那你妻子呢？”

一瞬间，他脸色骤变，而考姗儿也有些惊慌失措，可我就是想亲耳听听问题的答案：

“我妻子与我们的婚事无关！”

我瞬间惊愕无比，好一个下流无耻的回答！他一边维护着自己与妻子之间的关系，一边又来求娶另一个女人！于是我斩钉截铁地回复道：

“我不会把自己的女儿嫁给一个已婚男人!”

考姗儿大惊失色，赶忙使眼色让马沙里缓和气氛，但他还是难掩不悦之情，冷冷地说：

“我会处理好我的家事。”

我并未理会他，而是转向考姗儿说：

“如果你父亲还活着，他会怎么想呢?”

之后，我回头对马沙里说：

“我不知道你和妻子之间发生了什么，你自己的事你自己处理吧。”

他面色难看至极，我的脑海中立刻浮现出报纸上他照片的样子……

考姗儿满脸通红，失望地找个借口对我说：

“他会和妻子离婚的。”

我并没回答她，而是准备结束有关这个话题的这番谈话：

“祝你们一切顺利!”

一种罪恶感从心底袭来：不经意间，我居然伤害了一个素昧平生的女人，怂恿丈夫与她离婚，破坏她的生活，让她的孩子不再拥有一个完整的家！如果考姗儿真的爱马沙里，那她就应该自己去结束这一切——我不能允许因为自己让一个家庭遭受灭顶之灾!

我的心一阵刺痛，母亲向我哭诉的画面浮现在眼前：她的前夫迎娶了二房，让她无比心碎、失望！求真主慈悯您，我的母亲啊，您曾无数次给我讲起那段痛入骨髓的经历：

“他迎娶二房的那天，我伤心欲绝地离开了他。”

母亲双眸含泪：

“他还带走了我们的孩子，尽管当时我心如刀绞，但我还是没有选择回到他身边！”

我母亲一个人收拾好行囊，万念俱灰地回到外公家。尽管母亲是那么单纯善良，但她还是狠下心做出了决定：

“我绝不会与一个娶了二房的男人生活在一起。”

外公为了让母亲改变决定，不惜动手打她，甚至扬言要杀掉她，可她依然没有丝毫妥协。虽然她爱那个男人，却依然要选择离开；虽然她难以承受与孩子骨肉分离的痛苦，却依然要坚守宝贵的尊严。而那个男人认为她离家出走是对丈夫最大的不敬，居然写了休书……在这之后，母亲如鸡如囚般地在外公家度过了七年，伤痛和泪水渐渐地熄灭了心中希望的火焰，直到我父亲出现。

我心里愈加难过，考姗儿注意到我神情的变化，或许明白了其中的缘由，赶忙示意身边的马沙里，站起身说：

“那您继续工作吧，我们就不打扰了。”

马沙里也走上前来，似有深意地说：

“感谢您的招待！”

“再见！”

她像进门时一样，与我行了贴面礼，可我却感到我们彼此心灵的距离瞬间被拉大，遥不可及。我多想对她说：孩子，你未来将会举步维艰！

办公室恢复了宁静，又是一阵背痛腿麻，而心中的孤寂也慢慢袭来，所有的一切都似乎想将我带回到写作的气氛之中去。然后，熟悉的歌声再次响起：

> 等一等，我的爱人，请揭开你的面纱，让我对你倾诉衷肠……

很快，我就再次走进了小说的世界……

十一

“我和你的新生活。”

确切地说，你今天就要完成自己的婚姻大事，步入新的生活了。

你依然安静地躺在床上——或许这是最后一个独处的清晨了。你也不知道，未来跟马沙里在一起的生活是什么样子的。在他和妻子离婚之前，会如何权衡和分配给你和他妻子的时间？他又会在哪里和他的孩子们见面？应该不会在这里吧！他一定会选择他父亲家、咖啡馆或者穆巴拉克市场里的某家餐厅。

你脸上浮现出黑色的阴云。结婚的决定将会把你带向何方？一个让人害怕的问题涌上心头：婚姻是否只是对另一方的占有？你始终幻想他只忠于你一个人：每天从你的床上醒来，然后一起喝咖啡，让你帮他挑选衣服，一起在厨房里做饭，在享受你的拥吻之后才离开家。

让你灵魂备受折磨的是，拥有这世上最简单的幸福，对你而言却难如登天！

你无法想象这套公寓带给你和丈夫什么，也想不出谁会来登门拜访。或许塔里布叔叔会带着妻子和小女儿法蒂娅来做客，穆娜和她的爱人可能也会来看望你们俩……可是你的姐姐们呢？会像曾经你去她们家串门一样，到这里来看望你吗？

每每想到家人，你心中就隐隐作痛。如果哪个姐姐过来探望，你肯定会心花怒放。她会看到墙上挂着之前达斯马区家中的画作，然后听你对她说：“我和爸爸都特别喜欢造型艺术。”

你感觉大海好像在召唤你，告诉你生活其实魅力无限，并不都是令你烦忧的问题。

记忆像纷飞的棉絮萦绕在你周围，飘满了整个房间，仿佛也想让你用它填满自己的内心，与过去做最后的告别。

你不知道今天这个决定会将你带去哪里，又有什么在婚姻生活里等着你。钟表指针指向六点四十五分，是的，你该起床了。

十二

刚搬出来一个人住时，我并未想过自己的生活会有什么改变，只是觉得自己已经不再是达斯马区家里的那个考姗儿了！可我没有想到的是，我对父亲、家人还是那么思念，还是那么无法割舍！在最初的两个月里，每当夜幕降临，压抑的情绪便侵袭而来，我一个人独自思念，独自流泪。我也试过读读书、看看电影，想以此缓解心头的思念之情，可一切只是徒劳。最后，我还是一次又一次地回到卧室，抑制不住的泪水湿透了枕头，心中的声音一遍遍响起：到底为何，我哭得如此伤心？

有一次，我给塔里布叔叔打电话，却没注意都快深夜十一点了，他的声音听起来像是准备睡觉了：

“喂?”

我不知道为何哽咽地无法说话，电话那头的塔里布叔叔不断呼唤着我：

“考姗儿……考姗儿……”

他立刻察觉到我需要他的帮助，便说：

“我现在就过去!”

他和妻子夏尔格阿姨来到我的寓所，看到我哭红的眼睛，他俩急切地问：

“发生什么事了？”

而我却一直沉默，不知该如何回答。夏尔格阿姨拉着我走进卧室，刚把我搂进怀里，我就像孩子般失声痛哭起来……待情绪平复，我们回到客厅。我对塔里布叔叔说：

“我不知道自己究竟想要什么。”

过了几秒，我又补充道：

“我也不知道该怎么结束和马沙里的关系。”

那天，他们俩一直待到半夜，我哭着将自己担心的事说给他们听。夏尔格阿姨一直陪我默默流泪，而塔里布叔叔则始终面色凝重，一副难以描述的神情。

临别之时，他对我说：

“我和夏尔格阿姨会始终在你身边。”

“亲爱的，随时打电话给我，有事随时来我家。”

夏尔格阿姨含泪叮嘱我：

“做出每个决定都必然无比艰难，而做出每次选择也必然要付出代价。”

塔里布叔叔双手捧着我的脸，就像之前他去父亲家做客时一样，他看着我的眼睛，说：

“坚强的孩子，我们支持你。”

他亲了我一下，夏尔格阿姨抱了我一下。送走他们后，我只想好好睡一觉。

*　　*　　*

我很开心买到了萨里米亚区滨海大道的这套房子，去司法部拿到了写着我名字的房产证，感觉马沙里比我还要开心——我俩终于有了可以见面的地方，而我们的关系也有了新的开始。

我并没有把这个消息告诉母亲和姐姐们，而是先想到了置办家具的事。我开心地对他说：

“一起去选家具吧。”

马沙里沉默片刻说：

“选你喜欢的吧，你选的我肯定喜欢。”

这句话让我觉得格外刺耳，我始终梦想和心上人拥有一个家，在这里我们两个人相互依靠。而现在，他的意思我认为就是，他害怕跟我一起出去被人看见。或许当女人爱上一个已婚男人时，就会特别敏感，任何一句话都可能触动她脆弱的神经，我心中一阵惆怅。

马沙里似乎察觉出我内心的变化：

“家具由我来买单。”

这句话更让我难过了，他以为金钱可以解决一切问题，金钱可以抚平我心中的伤痛，然后他就可以名正言顺地让我一个人去了！我看着他，心里感到刺痛：

“有时候我真的很讨厌你!”

“我恨你!”

为了让他明白我对他的话非常反感，我更是狠狠地丢下一句话：

“买家具，我绝不会用你一分钱。”

* * *

我们究竟如何去寻觅所爱之人，又如何让他来到身边？或许有些爱注定会在心头留下深深的伤和永远的痛。我心里无数次在想：是什么把我和他拴在一起，而我要如此忍受他带给我的残酷、无情和漠视？或者说，世间的爱本来就是盲目的，我们总是会被拉着，走上满是痛苦和折磨的路？

虽然还没有住进去，但我已经开始思考如何布置新家了。我想到的第一件事就是要把父亲书房里的一些书搬过去，让它们一直在我身边。每天晚上，我都在父亲的书房整理书籍，我都会感觉他的灵魂就在我身边，跟我一起思考和计划。有时，我在翻阅一本小说或诗集时，会沉浸其中，脑海中就会浮现出自己坐在父亲怀中，与他一同遨游书海的美好画面。不觉间，泪水已然湿了眼眶，虽然我一再忍着不让它流下来。

我小心翼翼地把书装进袋子，然后轻声唤来女佣将它们搬进我的车里。其实我知道，家里没人在意这些书，可心里还是有一种负罪感，觉得自己像小偷一样拿走了我至爱的父亲的书。当然，我最大的罪行一定不是这个，而是擅自选择独居，从此踏上一段充满荆棘和苦难而又无法预测的“旅程”。

我的好友穆娜陪着我一起置办家具。我还记得，当我告诉她我买了房子并要一个人住时，她难以置信，满脸惊讶地问我：

“什么?!”

“千真万确，就在萨里米亚区。”

她的诧异是我早就预料到的，我轻描淡写地说：

“因为我实在受不了家里人的气了。”

我把母亲、姐姐苏莱娅、巴基尔叔叔此前的种种行为都跟她讲了一遍。

“我都已经三十多岁了!”

过了一会儿，她又恢复到平时可爱的状态，亲了我一下，说：

“祝贺你啊!”

然后，她露出纯洁的微笑：

“我随时都可以过来给你帮忙。”

在布置新家的整个过程中，我一直闷闷不乐，因为我下定决心在完工前绝不和马沙里见面。虽然他多次打来电话希望过来，可每次我都格外平静地说：

“你现在可千万别来！”

马沙里向我表示歉意——说自己工作很忙，没时间陪我一起买家具，还说绝大多数男人都不喜欢出门购物，而我无所谓地不止一次对他说：

“我的事我自己都可以做。”

家具布置完毕，书房里也摆满了我喜欢的书籍。然而，还有一项“艰巨”的任务需要完成——我要把父亲家中的造型艺术画作搬到新家来。当时，我花了数小时精心挑选，选择到底带走哪个，留下哪个，其中不乏多位著名阿拉伯艺术家的作品。就在这个选择的过程中，我才发现自己与它们的感情有多深，每幅画似乎都代表了我生命中的某个阶段！最后，我的目光在心中最爱也是价值最高的那幅画前停下，那是科威特艺术家艾尤布·侯赛因的作品。它是我和父亲一起挑选购买的，也是母亲唯一喜欢的画，我无论如何也放不下它！于是我专门选了个母亲外出、家里没人的日子，提前联系了运输车，和穆娜一起从墙上摘下这幅最爱的画作，把它运到我的新家。然后，我们又匆匆赶回来，从仓库里取出另一幅画，挂到墙上空出来的位置，以掩人耳目……我敢肯定没人会看出变化，并且也想好了一旦母亲问起该如何回答。然而，那段时间母亲一直忙于姐姐苏莱娅离婚的事，每天应付吵吵闹闹的孩子们，根本无暇注意这些。

*　　*　　*

过去的这段时间里，我每走一步都在想：女人真可悲啊！

父亲去世后，马沙里成了我生命中唯一的男人。我从此不再有兄弟姐妹，也不再和叔叔一家有任何联系。女人的可悲之处在于，当直面男性社会的压迫时，她们争取自身正当权利的执着，在众人眼里却成了放荡不羁、与社会规范背道而驰的行为！

摆好家具，挂好窗帘，整理好书房，选好悬挂那幅画的位置之后，我对这套房子便有了亲近之感，我反复大声地说：

“我要回家了。”

仿佛我是在告诉自己要接受新环境。

我还常常在电话里对穆娜说：

“我正在回家的路上。”

可是，买房的事情总让我心有不安，我在想：到底要不要告诉母亲，要不要把新家的地址给她，以向她和叔叔、姐姐们证明，我并没有对他们隐瞒任何事，并欢迎他们随时到新家做客？让他们明白，之所以选择搬出来单住，只是因为我想在一个人的世界里独立生活。可我也知道，这样的解释是没用的，或许悄悄搬走是更好的选择。我只是害怕他们会说：她是因为做错了事不敢面对，才偷偷一个人逃走的！

有天晚上，只有我和母亲两人在家：

“我买了套房子。”

她的眼睛里瞬间燃起怒火，仿佛一直在等待这场唇枪舌剑。她故意问道：

“买房了？”

“嗯。”我平静地回答。那一刻她欲言又止，转而打电话给姐姐杰米莱，让她赶紧过来。

没多久，姐姐杰米莱、法蒂玛、宰娜白全到了。姐姐苏莱娅就住在家里，她一个人一直坐得离我远远的。杰米莱一开始以为我是在和她们开玩笑，觉得我不可能做出如此疯狂的事情。她问我的时候，声音都有些变了：

“你为什么要自己买房呢？”

我依然平静地应答：

“因为我想啊。”

我看着她，她继续问：

“家里有谁让你不自在吗？”

她的问题真是又愚蠢又自私——她忘记了自己就是夫妻两人单住吗？接着，她越说越生气，身体都哆嗦起来，跟我说买房出去单住会成为丑闻，甚至会影响她们和自己丈夫的关系！因为她们中没有一个人敢对丈夫说：“我妹妹一个人在她自己的家里住！”就算是丈夫家的亲戚，也没办法接受和理解这样的事儿，尤其是在科威特这样的小国，消息一旦传出去，很快就会闹得沸沸扬扬……这时，法蒂玛突然情绪激动地插话进来：

“我希望你不要毁了我们的生活！”

我转向她，看着她的脸，不假思索地问：

“那我的生活呢？”

客厅里一阵沉默。这么多年的保姆经历就像过电影一样在我脑海里闪现：她们每次和丈夫去度假，都把孩子丢给我照看，就因为家里只有我还没有结婚，而我也一直很喜欢孩子，是照顾孩子的最佳人选……是的，孩子们的陪伴的确让我很快乐，我生命里的那段时光也确实因为那些孩子而变得多姿多彩，直到现在我的卧室墙壁上依旧挂满了和他们的合影。然而，始终有个问题像刀子一样扎在我心头：什么时候我能和自己的孩子一起玩耍？什么时候那亲切的呼唤能从“姨妈”变成“妈妈”？

每当姐姐们出门度假，她们的孩子就会出现在我身边。那段日子，家里会充满小孩子的玩耍嬉闹之声。而待她们度完假、接孩子回家时，我的心头总会拂过一阵酸楚，甚至有时会连续几天都魂不守舍，难以自愈。

马沙里，今天我们就要结婚了。虽然我心中充满恐惧，不知道这条婚姻之船将带我驶向何处，但我没跟你说，我是多么期待名正言顺地怀上你的孩子，并和孩子一起幸福地度过余生！

那天晚上，姐姐们为我搬家的事都回到母亲家中，法蒂玛对我说：

“巴基尔叔叔肯定会生气，你知道他儿子马赫迪·塔胡尔，那可是个急脾气。”

她用充满威胁的口吻对我说，而我依旧平静：

“他知道我买房的事儿。”

“我要和你断绝关系！”

母亲朝我大吼，亮出了几乎是她最后的一张底牌，用极其悲愤的声音喊道：

“你要是从这个家出去，就永远别回来！”

因为我选择自己的生活方式，勇敢地想一个人独自生活，母亲和姐姐们就要跟我断绝关系！坐在她们中间，我悲伤极了，真想对她们说：你们太自私了，每个人都只顾自己的生活，没有人考虑过我的死活！可这种悲伤很快就变成了心中漆黑的绝望，渐渐填满了我的灵魂……我盯着母亲，她的丈夫一生热爱思考与文学研究，结交了多位作家朋友，而她却如此狭隘……可是一想到父亲，又像一块巨石压在我心头：他一生如此睿智、开明，不也没有同意我的婚事，更没有允许我离家独居吗！

我实在不想继续坐在她们中间，便起身说道：

“如果你们来我的新家，我会非常高兴地招待你们的。”

母亲紧接着说：

“我会一直祈祷真主惩罚你的。”

“随你便！”

我故意甩出这句话气她，然后大步向自己房间走去。

可不知为何，我感觉今晚的楼梯特别长，似乎长到走不到尽头……开明的父亲反对我的婚事，不同意我搬出去一个人生活，母亲和姐姐们也要因为这个原因与我断绝关系，叔叔一直对我恐吓威胁，而马沙里却始终维持着他与妻子的关系，就连好友穆娜听了这件事都惊诧不已：

“那别人会怎么说你啊？”

我回到了自己房间，躺在床上，真希望天花板把我裹起来，让我远离这一切。

要是连自己都怕了，那一切就真的没有指望了，只能任由一个个问题劈头盖脸地涌来！和马沙里结婚总好过活在讽刺和痛苦之中！

与母亲和姐姐们吵架的那天晚上，我一上床就掉进了噩梦的黑洞，梦里我在荒无人烟的野外彷徨，跌跌撞撞地在粗糙的石子路上行走，我问自己：“这是往哪儿走啊？”就在这时，我看见了父亲，他身着色彩艳丽的锦缎长袍，端坐在书房的椅子上，手里拿着一本彩色封皮的书。我喊他，可他就像没听见似地毫不理睬，于是我加快脚步想跑过去，却不想被一块石头绊倒，双手和膝盖都磕出了血。可父亲始终平静地坐在那里，待我走到他跟前，他将这本书递给我，然后莫名地消失不见了，就像之前不知他从哪儿冒出来一样。我连忙翻开那本书，却发现里面是空白的，没有一个字、一个标点……

第二天其实是我心里早已定好的搬家日子，在这之前我已经搬走了自己房间里所有的东西。

可是，马沙里一直没完没了地问我：

“准备什么时候搬啊？”

我像往常一样下班回家，跟母亲吃晚饭。虽然她一直没抬头，可我依然能感觉到她其实根本没心思吃饭，而是想知道我是不是铁了心要搬出这个家。我整顿饭也食不知味，放下餐具就急匆匆地回到了自己房间，仿佛有什么沉重的东西压在我的心头——我就要离开这里了。看着房间里的墙，一幕幕的往事像过电影一样映入我的脑海。在达斯马区的父亲家中，我度过了生命中三十多年的时光；在那间熟悉的小屋里，我从小学生变成了大学生，再变成后来的银行职员。每天早上，父亲都会走到我的床前无比亲切地呼唤：

“我的宝贝考姗儿。”

在这个小空间里，我品读了最美的小说和故事，看过最爱的电视剧和电影，有些还看了不止一次。我带着姐姐们的孩子在床上一起睡觉，一起玩耍，一起大叫，一起嬉戏。住在这里的时光中，我认识了马沙里，爱上他，梦见他……我像孩子一样把脸贴在墙壁上，与它道别，对着镜子说：“再见。”然后，我打开浴室的门看了最后一眼，眼泪便止不住地流下来，我感觉自己很难抛下自己的小屋。我问自己：人们对一个地方的眷恋是从何而来？究竟是什么把我们与一个空间连在一起？那面无声的墙又如何变成避无可避的噩梦……我走出房间，仿佛在告诉自己即将离开这里。

我拎着手提包，唤来女佣。刚下楼，我就看见母亲坐在客厅。

“我要走了。”

我略带哭腔地说。如果她此时起身抱住我，或许我会不忍心离开，或许我会把之前的决定抛得无影无踪，可她始终愤怒而漠然地看向我，只是在我要走出大门的那一刻如同送别般地说道：

“下地狱去吧！”

我心中再无所恋，再无所念，径直走出去，上了自己的车。我的泪水瞬间决堤，铺满面颊，似乎在和曾经深爱的家，和曾经拥有的生命，做最后的道别。

这一切的一切都让我害怕极了。马沙里，为了你，我不惜与全家人为敌，甚至毫无保留地改变自己的生活。而你呢？你会像我一样吗？你会为了我和你的家人反目吗？还是会依旧维持着你原来的婚姻，打着你自私的算盘，就这样一直与我纠缠下去？

* * *

上周，你一直神色怪异，我问你怎么了。

“这件事有点儿不容易。”

可能你注意到我在看你，于是接着说：

“我在考虑我的孩子们。”

马沙里，你知道听完你这句话我的想法吗？当时我真想就此了断，结束我们之间的一切！可在你执拗维持的这段关系里，在你许下的结婚诺言的梦幻里，我还是无法从容放弃。

那天，我告别了父亲的家，在女佣的陪伴下来到新家。在进门的那一刻，我突然觉得自己好像第一次来到这里，一切都是那么的冰冷。墙上有父亲喜爱的画作点缀，可我依然觉得空荡。在夜幕降临到海面上的时候，我感觉到了孤单和恐惧，难以入眠，甚至想把女佣叫过来陪着我睡。

正当我坐在那里不知该如何之时，马沙里打来了电话：

“终于搬家了。”

我对他的料事如神颇感意外，装作不懂他在说什么，我其实并不想这么快告诉他搬家的事。

“恭喜你乔迁新居！”他又说了一遍。

接下来的问题让我毫无准备：

“现在，你在家吗？”

我沉默了好几秒，不知该如何回应。由于之前他的种种行为，我现在特别不想让他过来，突然之间发疯似地冲着电话大喊：

“希望你以后别再联系我了！”

挂掉电话后，我放声大哭，不知过了多久，便一个人在沙发上睡着了。

*　　　*　　　*

所有这些痛苦的记忆，为什么会在结婚这天早晨一股脑地涌上心头？今天我就要跑到终点了！是我自己选择参加这场充满冲动、艰辛，甚至是残酷的比赛，而今天我就要跑到终点了！塔里布叔叔曾跟我说：

“你真的很坚强……”

选择总是很难，执着从来都有代价。对于那些冲破陈规旧俗的人，这样一个社会何时给过一丝宽容？

今天，或许两小时后，马沙里就会和我一起去司法处登记结婚，证婚人的相关事宜我已安排妥当。母亲和姐姐们还不知道这个消息，搬走后我就一直没联系她们，我打算办完手续后再打电话告诉姐姐杰米莱，然后再告诉塔里布叔叔、夏尔格阿姨、穆娜和爱勒塔芙姑妈。

新家将我带进了一种新的生活状态。但我需要时间来适应属于我一个人的生活，我觉得现在的自己就像一张褶皱的纸片，在尘土飞扬的天空中独自飘荡，渡过了一个难关，接下去也许还有更难的事情。

穆娜是唯一一个定期来看我的人；塔里布叔叔、夏尔格阿姨和小法蒂娅也来看过我，他们还给我带来了著名艺术家阿迪勒·希维的画；爱勒塔芙姑妈在我屡次邀请，甚至恳求之下，才同意来一趟，还一直跟我反复确认：

“我不希望任何人知道我去你家这事儿。”

姑妈是亲人中第一个来我新家的人。那晚她来得比约定的时间要晚一些。门一打开，我就扑到她温暖的怀中，像见到父亲一样，欣喜的泪水夺眶而出。

我专门准备了晚餐，想留她多坐一会儿，可她在我这儿一共也没待上半个小时就走了。其实我能感觉出来，她来我家最主要的目的就是想知道我和马沙里的进展，并不是对我有多担心，而我本以为她过来是想看看我的近况。既然如此，为了让她对这件事情的原委更清楚些，我便跟她说：

“我搬出来一个人住和婚事并无关系。”

随后我向她解释，我无法忍受同处一个屋檐下母亲的羞辱、姐姐们的憎恨和闪躲的目光，我只想拥有一个真正属于自己的家，安心平静地生活。事实上，我从未对家人隐瞒任何事，也随时欢迎他们来我的新家做客……姑妈很同情我的遭遇，却突然没头没脑地说了一句：

“我女儿们也面临和你一样的问题。”

她的语调里满是哀伤：

“我们夫妻之间没有矛盾和嫌隙，不过是什叶派和逊尼派的一些教派分歧而已。”

我还没有明白她要说什么，她却含着泪，小声在我耳边说：“每个上门提亲的男孩都反复提及女儿们的教派归属问题：父亲是逊尼派，而母亲是什叶派……女儿们都大了，我真怕她们会没人要。”

她的语气里夹杂着一些说不清楚的情绪：

“她们本身也各不一样，有的认为自己是逊尼派，而有的却想当什叶派。”

姑妈好像是另一个和我同病相怜、不知如何走出困境的人，她的倾诉让我忘记了本想跟她说的话，但她也认为我现在的做法实在是胆大妄为，是在挑战家人的底线，她希望我能小心谨慎些，不要再犯任何错误了。最后，她起身告别：

“你结婚那天，我肯定会为你高兴的。”

至少还有一个家人为我的婚事感到高兴，那就是嫁给逊尼派的爱勒塔芙姑妈。现在，她的女儿们正在为她当初的选择付出代价，可她依然为我选择自由而感到“喜悦”……在一个满是烦恼与伤痛的世界里，这份“喜悦”是多么的弥足珍贵啊！

我搬家之后，马沙里的电话便打得更勤了，不厌其烦地表达他的诉求：

“我想见你！我想见你！”

有天晚上，我们约在萨里米亚区科学中心附近的廊桥上见面，这里面朝大海。他拐弯抹角地问我，为何不愿意约他在新家见面。我一直没说话，因为我自己也不知道为何做出这样的决定。过了一会儿，我对他说：

“那我们现在就一起去吧。”

他惊讶地愣在那里，似乎要跟我确认一下这句话是否真实。我用肯定的语气补充道：

“我先回去，给你准备晚饭。”

当他手捧一束红玫瑰走进家门时，我仿佛看到了另一个马沙里。他把花放在桌上，然后摘下头箍和头巾，露出我喜欢的头发，他长出了一口气说：

“终于进来啦。”

这并不是我想听到的话，于是静静地等待接下来的内容。他沉默了一会儿，说：

“我爱你，没有你我真的活不下去。”

这句话在我看来也没有任何意义，它不过是一个男人随随便便脱口而出的情话。我起身打开电视，唤女佣道：

“把晚饭端上来吧。”

我们共进了晚餐，一顿饭都没有任何交流，只有电视的嘈杂之声……我们之间的过往像电影一样在我的脑海中浮现，一个问题瞬间划伤了我的心：这就是我一直向往的生活吗？想到这儿，我的情绪一下子跌进谷底，这时我觉得他抬手想来抱我，心中更加厌烦：

“谢谢你来家里做客！”

我起身示意他离开，就在家门关上的那一刻，我突然觉得自己如释重负，泪如雨下！

这种想见最爱之人的疯狂欲望究竟从何而来？又是如何一下被失望之水扑灭，最后只留下燃烧过的灰烬？马沙里的眼神告诉我，他已不再是那个思念考姗儿身上气息，抓心挠肝想和她拉手的男人。那晚，我一直呆坐在那儿，回想着第一次与他见面时的情景，以及之后他对我的热烈追求……突然，门铃响了，那一刻我以为他又回来了，可打开门却发现巴基尔叔叔面色凝重地站在门口。

“巴基尔叔叔来啦，您请进！”

我心里充满恐惧，但还是热情地打招呼，而他却愤懑地甩出一句话：

“真主都替你害臊！”

一时间我不知如何回答，心想：他是不是一直在监视我，有意等马沙里离开，然后来个突然袭击？

我一下子想到桌上还摆着红玫瑰，心中便犹豫是否要请他进门，他冷冷地挤出一句：

“别以为你这样就能躲起来……”

我打断他，抢着说了一句：

“我家大门随时敞开着。”

那一刻我真害怕他走上来给我一巴掌，不由自主地向后退了一步，离开他一点距离：

“我又没犯什么错。”

说出这句话时，我感觉整颗心都在剧烈跳动：要是叔叔和马沙里一起坐在这儿，那会发生什么呢？

“我最后一次警告你。”

他怒不可遏地威胁道：

“我绝不会让你丢了我们的面子！”

说罢，他摔门而去，只留下双腿颤抖的我无助地站在原地。

* * *

一周前，马沙里还打电话跟我抱怨，说他一直担心着我，每晚都难以入眠，他问我：

“你要怎么才能相信我是真的爱你？”

我只是淡淡地笑着，并没有说话。或许他读懂了我沉默的含义，在电话那头说：

“你定个日子，咱们结婚吧。”

他这句话对我而言味同嚼蜡，他又跟我说起他和妻子的关系。

“你知道的，虽然住在一起，但我们一直是分居的状态。”

我还是没有说话，只听他继续说：

“我已经在和她谈离婚的程序了。”

一时间我不知该说什么，只觉得一种难以名状的情绪一下子打乱了内心的安宁。我尽力掩饰着，说了声谢谢，便挂断了电话。

爱情为何会变成生活的枷锁？两颗相爱的心为何会彼此伤害？

有一次，马沙里满面愁容地向我抱怨：

“我的处境真的很难！”

稍作停顿之后，他又说：

“没有你我真的没法活下去，没……”

我在等着他倾诉内心的焦灼，但他却没有再继续说下去。

后来他又来了好几次，但我一直都把他拒之门外。

有一次，他突然半夜过来，我只好让他进门坐下，可是心里一直战战兢兢：要是巴基尔叔叔和他儿子看到此时的情景，我该怎么办？

他突然没来由地说了一句：

“我爱你，你要什么我都答应你。”

接下来，我听他自问自答。

“那你会和你妻子离婚吗？”

“是的。”

“什么时候？”

“等孩子们这学期结束，我怕这件事对他们的打击太大。”

听着这些话，我心中矛盾万分。他面露悲伤，向我发誓：

“真主明鉴，我这辈子从来没像爱你这样爱过一个女人！”

那一刻，我第一次感觉自己如此脆弱无助，整个人好像没有了一丝力气，不知该如何是好。

我无法直面巴基尔叔叔的监视和威胁，无法拒绝马沙里的吸引和爱意，我恨自己会让他抛弃他的孩子们，我受够了种种心痛，我，我，我……我想找人诉说我的苦楚与纠结，却又遍寻不到：母亲和姐姐们已经和我断绝了关系，姑妈爱勒塔芙自己还需要别人安慰她。我能想到的就只剩下塔里布叔叔了，可上次他在办公室说过，他希望马沙里先处理好他和妻子的事情，所以现在能听我说一说的人就只有穆娜了！其实，我跟她说过很多次我和马沙里的事情，她一直都只用一句话来回应我：

“你和他妻子没任何关系，过属于你俩的小日子吧。”

*　　*　　*

那天我照常下班回家，菲律宾女佣把晚饭端上餐桌。我刚要伸手去拿吃的，不知她从哪里来的勇气站到我面前吞吞吐吐地说：

“夫人，不要失去你的男朋友。”

虽然她是来自异国文化的女人，这句话却深深触动了我的心，让我感受到了她对我的真诚。我微笑地看着她说：

“我们会结婚的。”

那轻柔的呼吸为何变成了坚硬而锋利的岩石，一瞬间划伤了进出的灵魂？

我想过离开科威特，离开海湾，离开所有的痛苦。可这种想法很快就被另一种痛占据：叙利亚山河破碎，埃及民怨沸腾，黎巴嫩贝鲁特噩梦缠身，突尼斯、阿尔及利亚、也门萨那也在劫难逃，我甚至考虑了英国伦敦或美国……我有些恍惚，一个想法刺中了我的心："要么从此和他了断，要么就和他结婚！"

前段时间的某一天，我正在上班，爱勒塔芙姑妈一反常态地给我打来电话，说她想问问我的情况，好对我放心，然后些许支吾地说：

"你姐姐们也在打听你的情况呢。"

"她们还能想起我？"

我的话让她无言以对。

"她们向谁问我了？"

姑妈没有回答我，几秒钟之后，她又问道：

"难道你永远不回你们的家了吗？"

"抱歉，我马上有个会。"

我担心她继续没完没了，就找个借口挂掉了电话。

这通电话让我的情绪瞬间变得灰暗：姐姐们居然希望我的生活就此停滞，好维持她们各自婚姻生活的平静和稳定！她们希望我跟她们生活，无非就是想逼我答应那些毫无道理的条件！我只想在属于自己的家中自由地生活，拥有简单的个人世界，这么做又有什么错？有多少家庭虽然生活在一个屋檐之下，但家人之间剩下的却只有背叛、仇恨、欺骗和日复一日的争斗！

我就是这样生活在矛盾之中：要忘记身边一切烦恼，独自平静地面对新生活，还是要和一个已婚男人确立合法关系，并要容忍他有另一个家庭、另一个妻子和三个孩子？我想成为他合法的女人，但我无法接受第二种选择。我把电话打给马沙里：

“求求你，我们结束吧。”

我的这句话让他倍感意外，也许他原本在等待另一番话。他不高兴地问道：

“发生什么事了？”

我直接关掉手机，多希望自己从来就没见过他。我的精神都有些崩溃了，我一只手抓着一个男人死死不放，而另一只手却把自己推进无边苦海。我想，在我说出那句话、挂断电话的那一刻，马沙里或许已经发疯了。我应该去哪儿？该跟谁诉说这番遭遇？人为什么会对眼前的生活和熟悉的过往心生绝望，甚至会痛苦到无法呼吸？究竟是怎样的烈焰灼伤了我们的面颊，以至于让我们感觉无法靠近所爱之人，无法向他倾诉灵魂深处的思念？

一时间，我竟然萌生了回到父亲家的念头，可这种想法刚一出现便被我否定了，因为它无异于把我送到疯癫和死亡的绝境！多希望这一刻可以闭上双眼，从此拉下和马沙里彼此相互纠缠的帷幕，从心里彻底抹去所有的一切！

我是考姗儿，一个令所有同事、朋友羡慕的女人。她们都说我长得像电影演员，拥有模特一般姣好的身材，还继承了父亲的遗产，住在自己所拥有的豪宅里；我穿的衣服、鞋子和戴的手表都是名牌，开着最新款的保时捷汽车。可事实上，这一切都不能给我带来心灵上的愉悦！

我是考姗儿，一个令很多男孩和男人倾心的女人。可现在我几乎无法控制自己，只能任由悲伤的锯齿锯断我脆弱的灵魂！我心中想：是什么带我们走上了噩梦之路？又是什么将我们的生活搅进了悲伤痛苦的泥沼之中？造成这一切的，是爱情吗？

母亲的怒喊仿佛又在耳边响起：

“科威特的男人都死绝了吗？”

我为自己感到悲哀，感到心痛：是我拉着马沙里陷入困境，是我一直念着他，主动去找的他……就在他已经妥协、同意结婚的那一刻，我又开始加上让他抛妻弃子的条件。我恨自己，也恨这种盲目而令人绝望的关系！我百思不得其解：人，为什么会在爱情面前变得如此脆弱、病态？我一次一次泪流满面地做出与他断绝关系的决定，可他又一次一次地竭力恳求：

“我就来见你最后一面……”

…………

我们在我的办公室见面，他面容憔悴，还没坐下就很不高兴地问我：

“你到底想要我做什么？”

我无言以对，他用沙哑的声音重复着：

“我真的爱你，到底要我怎么向你证明？”

他继续激动地说：

“我会和她离婚，然后和你结婚。”

那一刻，他看起来憔悴、无助而绝望：

“让我成为一个言而有信的人!”

“一开始我只想接近你，可后来却爱上了你。”

这时，他抬起头与我四目相对，他的眼神里满是绝望：

“爱上第二个女人对于一个已婚男人来说真的很艰难，现在我的生活一团糟，我无法集中精力去做任何事！每次我和妻子、孩子坐在一起，脑海中就会浮现出你的影子；而当我逃出那个家来到你身边，却又总想起孩子们微笑的面孔，仿佛听见他们在喊爸爸。”

他情绪无比低落，我的心里也难受极了。当看到他开始哭泣，手足无措的我只说了一句话：

“我爱你……”

还有什么比看着心爱的男人在自己面前痛哭更让女人心疼的事情呢？那一刻我真想走过去抱抱他，可我没这么做。我拍着他说：

“你过来。”

他像个孩子一样从原地起身，走到我的身边，一头扎进我的怀里：

“我真的累了，考姗儿!”

“别说话。”

我用手堵住他的嘴，他的泪水浸湿了我的衣服。那一刻我真的希望就这样和他一直待下去，直到永远。

“求你了，我们结婚吧，让我们开开心心的。”

他满眼通红地说。

*　*　*

"夫人。"

女佣的声音打断了我的思绪：

"你的咖啡好了。"

钟表的指针指向了七点十五分，我得让那些令人恐惧的问题远离我的床榻，我起身开始梳妆打扮，等待马沙里的到来……还有不到两个小时，他就会开车过来，带我一起去司法处办理结婚手续，到那时他就是我合法的丈夫，而我也可以光明正大地拉着他的手出现在任何地方，当着所有人的面说出我朝思暮想的那句话："这是我丈夫！"

自从凌晨醒来之后，我就一直很担心，难过、恐惧和忧郁缠绕着我：我与马沙里的爱情故事会在今天画上圆满的句号吗？有朝一日我会后悔今天做的这个决定吗？我会原谅自己嫁给了一个有孩子的已婚男人吗？

今天我将嫁给马沙里——一个已有妻室的男人，因为他爱我，而我也无法忍受没有他的世界……我和世上千千万万的女人一样，不得不在家庭与社会的压力之下接受丈夫拥有情人或另一个女人的事实，吞下悲伤的苦果之后，等待我们的也只有沉默和屈服！

今天，我将和一个已婚男人结婚，敞开自己家的大门迎接他。我们坐在一起的时候，我会向所有登门来访的人大声介绍：这是我丈夫。

今天，我将和马沙里站在法官面前。根据伊斯兰教法规定，法官会先询问家中男性监护人的意见，比如我父亲、哥哥等。那时我会递上父亲的死亡证明和遗产继承文书，证明家中已没有男性监护人，然后我会对法官说：

“您做我的监护人，来决定我的婚姻吧。”

我心里既痛又怕：要是我拼尽一切，甘愿吞下这痛苦的毒药，彻底与家人决裂之后，依旧无法实现心愿，无法和所爱之人结婚怎么办？我的一切居然就掌握在这位法官的一念之间！

塔里布叔叔肯定不同意这门亲事。他这么想也是情理之中，毕竟他是两个女儿的父亲，理应事事为她们考虑，如果她们也面临跟我一样的问题，一切又会怎样呢？我知道他的大女儿法拉赫已经结婚，但小女儿法蒂娅的未来依然有各种可能。假如一位什叶派青年上门和他逊尼派的女儿提亲，他会和我父亲一样否定自己曾经的原则，推翻自己之前的言论，不同意这门婚事吗？如果塔里布叔叔的女儿坚持和这位已婚男士成婚，他又会作何反应？

等这次蜜月假期回来，我会邀请他来家中做客，然后和马沙里一起招待他。

我决定，我将走向梦想中的生活——那份让父亲永远陷入沉睡的痛苦生活，我将从此走向人生的未知旅程，我将和心爱的人一起生活。

我感到有股力量在撼动着我，又好像自己的心不停颤抖：人生苦短，何惧艰难！

十三

在这里，我独自坐在办公桌前，忍受双腿的酸麻，思绪万千：考姗儿将如何书写她自己故事的结局？……温柔的曲调打破了房间的寂静，轻轻地流进了我的心房：

她身穿美丽的纱裙，曼妙身姿，翩翩起舞……

伴随着美妙动人的乐曲，记忆里女性歌舞会的场景又映入眼帘：铺着红蓝两色地毯的会场中，女士们分两排对坐，与舞台中央的歌乐队和手鼓队相互唱和……旋律之中，我仿佛回到了记忆里熟悉的地方——那里跳跃着无数燃烧的灵魂，溢满了母亲衣衫上的玫瑰香味和发油的芬芳，交织着各种喧闹声从远处飘来。在这里——一片静默中，我仿佛听到手鼓的击打声划破了四周的寂静，然后在热烈的鼓声和掌声间流淌出美妙的萨米利亚音乐。

姑娘们明眸善睐、秀发飞扬、衣裙摇曳，那俏美的身姿和美妙的旋律让我仿佛进入了一种迷幻的境界，我想问她们：身体的律动究竟发出了怎样的呼唤？而又是什么隐秘的情感会融化在音符之中?

我沉醉于幻想之中，想象着一个令诗人心醉、只求与她一舞的女士，什么样的衣裳才能与她丰腴的身材相配?又是怎样的魅力在身姿摇曳时尽情展现?

孤独会亲近那些了解它的人，也会展示出它狰狞的一面，威吓痛恨它的人，甚至会用它的獠牙撕咬他们的心灵。但当孤独确认我的灵魂见到它时，便会格外开心。而只有在这里——我的这间办公室里，我们才能一同畅享写作与阅读的乐趣。

过去五年中的每一天，我都和孤独一起聆听美妙的音乐。每每这时，沉默就含着笑，步履轻盈地加入我们之中，而我也像往常一样点头向它问好。五年光阴恰恰是我们关系越发深厚的见证。有多少次孤独和沉默一起在我耳畔低声私语：我们俩是一对好伙伴……我微笑着对它们俩的话表示赞许：每个作家都有属于自己的孤独和沉默。

在这里，在这间狭小的办公室里，我既是作家也是位工程师……有人说我僵化迂腐，却丝毫不知这种特立独行带给我的无限灵感!

在这里，我创作出了故事集《小偷》；在这里，我和朋友们筹划创立了“文化协会”，它成了我家里定期召开的文化沙龙；在这里，我完成了故事集《椅子》；在这里，我修改完善了自己的第一部小说《太阳的影子》的第二版；在这里，我又即将完成一部新的作品。

有些人常常错误地认为，他可以将一个作家囚禁在局促的四壁之间，殊不知世界其实是开放的空间，而我本就拥有时间和写作的自由，我将带着孤独和沉默到达超乎常人想象的彼岸！

如果没有这个地方，就不会有我正在撰写的这部小说！

在这美好的天堂和世外桃源里，几个月前我收到了国家新闻部长和青年事务总理的邀请，希望我成为科威特国家新闻部的文化顾问！

在这里，我的灵魂得到了阅读与写作所给予的救赎！

还记得考姗儿和马沙里上次来看我时，很确定地跟我说他们俩要结婚。可我不想说她不喜欢听的话来打击她，所以宁愿把真实的想法藏在心里。

考姗儿是我朋友的女儿，也是我这部小说的主人公。在这里，她向我们敞开心扉，吐露她的所思所感与抉择的痛苦和彷徨。她深爱着她的男朋友，一直想要拥有一个完美的家庭——哪怕那个男人依旧在她和妻子之间徘徊。

* * *

昨天晚上我很晚才回到家。就在打开房门的那一刹那，我突然看见已故的满头银发的母亲身穿黑色长袍坐在客厅等我，心中顿时充满了惊诧与恐惧。

我赶紧念道：

“奉至仁至慈的真主之名。”[1]

“这么晚才回来啊，孩子。”

母亲于2006年9月23日故去，当时我正远在美国的科罗拉多州，陪伴大女儿法拉赫攻读硕士学位。

“发生什么事了？”

“我就是睡不着，干脆坐在这儿等你。”

她边说边拄着拐杖站起来……我几乎不敢相信自己的眼睛，母亲怎么能起死回生？我颤抖着向她走去，伸出手确定她的存在，扶着她走进我的房间，这时她突然说：

“祝贺你成立了‘文化协会’！”

这句话更让我心生疑窦！母亲根本不会读书写字，怎么可能问一个和创建文化协会相关的问题？难道她的灵魂始终伴随着我，知晓我人生中每个转折点的所思所想？我拉着那双苍老的手，就像是要确认她的存在，和她一起迈着沉重的步伐向前走，我几乎能听到自己因她到来而恐惧万分的心跳：

“你在写新小说吗？”

她的话让我一震，我僵在原地，很难从她的语气里判断出她是责备，还是支持。

她拽着我的手说：

“过来。”

① 穆斯林宗教用语，此处诵念，为缓解紧张情绪。——译者注

我朝她望去，却发现站在面前的是妻子夏尔格。我犹豫要不要告诉她刚才发生的一切，我不敢问她，刚才是不是她牵着我的手，拉着我一直走到这里。她仿佛看出我紧张的神情，问：

“你怎么了，这么晚才回来？”

“没什么。”

我回答道，却难掩内心的恐惧。

难道那只是我的幻想？还是母亲归来的灵魂要告诉我些什么？

母亲啊，我肯定不会同意考姗儿嫁给马沙里，因为我就像爱自己的女儿法拉赫一样爱着她，除非马沙里能够做到只忠于她一人。

“母亲啊，考姗儿的命运与我无关，她才是自己人生故事的书写者！”

我大声说出了最后一句话，这才发觉自己原来坐在办公桌的电脑前，只听见空调的嗡嗡声打破了周围的寂静。

今天早上我醒来打开手机，发现考姗儿昨晚打了好几个电话。我心中暗想：考姗儿会有什么事呢？是有什么重要消息要告诉我吗？

考姗儿和马沙里——我不知道这份爱的出路在何方，而关于你的未来，我将不再赘笔。

2014年2月20日于科威特

译后记

小说《在这里》是科威特当代著名作家塔里布·里法伊根据真实人物生活轨迹创作的文学作品，主要讲述了科威特什叶派女孩考姗儿和逊尼派已婚男士马沙里之间的爱情邂逅，主人公考姗儿在家人反对、父亲离世、自身追求自由与独立的重重矛盾中被迫离家，执着地走向未知前路的故事。小说不仅涉及阿拉伯青年的恋爱话题,更通过故事主线凸显了科威特乃至海湾地区的教派婚姻矛盾、阿拉伯传统家庭父权至上、一夫多妻、现代阿拉伯女性追求自由独立等现实问题。小说一经出版，就在科威特国内和海湾地区引起巨大反响，于2016年入选阿拉伯小说国际奖（阿拉伯布克奖）长名单，同年获科威特国家文学奖。

对该小说的翻译，缘起于吴奇珍同学2018—2019年在科威特大学公派留学交流。其间，她有幸拜会了小说作者塔里布·里法伊先生，与他就小说的叙事思路和创作心得进行了深入交流，在奇珍同学的不断努力争取下，获得了该小说的汉译版权。本书根据该小说的第三版翻译。

阿语圈的同人们一定都有同感，将一部阿拉伯语小说翻译成汉语并非易事。吴奇珍同学对该小说进行详细地解读并翻译完初稿后，魏启荣老师下大力气，对小说译文从头到尾进行了三次修正、调整、润色，但每次都觉得意犹未尽。尤其是小说中涉及的重点人物、大事件以及与阿拉伯文化相关的内容，我们尽力追本溯源，有据可查的，相应做了译者注；有些查不到资料的，我们也向前辈和同人请教，尽量给出一个恰当的译文。虽然我们之前有一定的翻译经验，但由于该小说作者跳跃的思维及表达方式，阿拉伯语自身的特点以及作品本身涉及的主题与环境，我们只能说，只是力求达到理论与现实、真实与美感兼具的翻译目标，译著付梓之时，仍觉离“雅”的标准还有很大差距，前路漫漫，我们将继续在锤炼语言、提升译著品质方面不断求索。

感谢温文尔雅、专业严谨的塔里布·里法伊先生对译者的信任，期待未来能有机会翻译他更多的作品，感谢在此书出版过程中给予我们协助的杨明宇先生、罗庆行先生，感谢每一个关注我们成长的人。

由于水平有限，译著难免有不尽完美和疏漏之处，敬请各位前辈、老师提出宝贵建议和指导。

魏启荣　吴奇珍

2021年4月于北京